La hija del magnate

Maureen Child

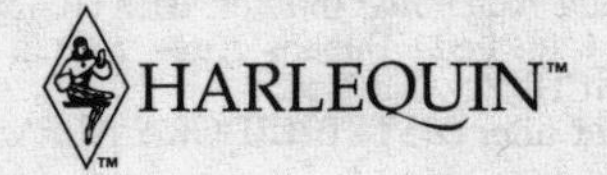

Editado por HARLEQUIN IBÉRICA, S.A.
Núñez de Balboa, 56
28001 Madrid

LA HIJA DEL MAGNATE, N.º 1660 - 10.6.09
Título original: Falling for King's Fortune
Publicada originalmente por Silhouette® Books

I.S.B.N.: 978-84-671-7207-2
Depósito legal: B-16872-2009
Editor responsable: Luis Pugni
Preimpresión y fotomecánica: M.T. Color & Diseño, S.L.
C/. Colquide, 6 portal 2 - 3º H. 28230 Las Rozas (Madrid)
Impresión y encuadernación: LITOGRAFÍA ROSÉS, S.A.
C/. Energía, 11. 08850 Gavá (Barcelona)
Fecha impresion para Argentina: 7.12.09
Distribuidor exclusivo para España: LOGISTA
Distribuidor para México: CODIPLYRSA
Distribuidores para Argentina: interior, BERTRAN, S.A.C. Vélez Sársfield, 1950. Cap. Fed./ Buenos Aires y Gran Buenos Aires, VACCARO SÁNCHEZ y Cía, S.A.
Distribuidor para Chile: DISTRIBUIDORA ALFA, S.A.

Capítulo Uno

–Me han dejado plantado –espetó Jackson King al colgar su teléfono móvil.

Dejó su vaso vacío en la barra del lujoso bar en el que se encontraba y le hizo señas a Eddie, el camarero, para que le sirviera más.

–Bueno… –dijo Eddie– es la primera vez que te ocurre, ¿no es así? ¿Estás perdiendo tus habilidades?

Jackson se rió ante aquello y miró para atrás. El bar del hotel Franklin, el único de cinco estrellas que había entre el pequeño pueblo llamado Birkfield y Sacramento, era uno de los mejores del Estado.

Asimismo también estaba relativamente cerca del aeródromo de la familia King, lugar en el que Jackson pasaba la mayor parte de su tiempo. Tenía una suite en el hotel para poder quedarse a dormir allí las noches en las que estaba demasiado cansado como para regresar a su casa.

–Oh, no. Eso jamás va a ocurrir. No ha sido una mujer la que me ha dejado colgado, Eddie –contestó, esbozando una sonrisa burlona–. Ha sido mi primo Nathan. Su ayudante se dirigía hacia la casa que él tiene en las montañas y ha tenido problemas con el coche. Nathan ha ido a ayudar.

–Ah –dijo el camarero, asintiendo con la cabeza–. Me alegra saber que no estás perdiendo tus facultades. Había pensado que quizá era una señal de Apocalipsis o algo parecido.

Jackson pensó que tenía mucha suerte con las mujeres. O, por lo menos, siempre la había tenido. Pero en poco tiempo todo eso terminaría, y al pensar en ello frunció el ceño levemente.

–¿Hay algún problema? –preguntó Eddie.

–Nada de lo que quiera hablar –contestó Jackson.

–Está bien. Ahora mismo te pongo otra copa.

Mientras esperaba, Jackson miró a su alrededor. El bar era muy elegante y tenía una tenue luz que lo hacía muy agradable. Era la clase de lugar en el que un hombre se podía relajar y una mujer podía tomarse una copa sola sin ser molestada. Aunque en aquel momento el lugar estaba prácticamente vacío. Había dos parejas sentadas a unas de las mesas y al final de la barra vio a una mujer que, al igual que él, estaba sola. Instintivamente miró a aquella mujer rubia y sonrió. Ella lo miró de manera taimada y provocó que se le revolucionara la sangre en las venas.

–Es guapísima –comentó Eddie entre dientes mientras le servía a Jackson otra copa de whisky escocés.

–¿Qué?

–La rubia –respondió el camarero–. He visto cómo la mirabas. Lleva ahí sentada más de una hora. Parece que estuviera esperando a alguien.

–¿Sí? –Jackson volvió a mirar a la mujer. Incluso desde la distancia tenía algo que le aceleraba el pulso. Pensó que tal vez el hecho de que Nathan le hubiera dejado plantado era una buena cosa.

–No me imagino que nadie la pueda dejar plantada –dijo Eddie, marchándose para atender a otro cliente.

Jackson tampoco se lo podía imaginar. Aquella mujer era de las que captaban la atención de los hombres. Entonces ella levantó la vista y sus miradas se encontraron. Él tuvo la impresión de que había intuido que la estaba mirando.

Agarró su copa y se acercó a aquella cautivadora joven, la cual le sonrió. La excitación se apoderó de su cuerpo... nunca antes había sentido algo como aquello. Incluso desde la distancia, aquella mujer le estaba afectando de una manera que no podía haberse imaginado.

Ella se giró en el asiento, momento que él aprovechó para mirarla más detenidamente. No era muy alta, pero llevaba puestas unas sandalias negras de tacón, y tenía el pelo corto. El vestido que llevaba era de color azul zafiro y tenía un discreto escote que permitía hacerse una idea de que sus pechos eran del tamaño adecuado.

Lo estaba mirando con sus grandes ojos azules y esbozando una sugerente sonrisa.

–¿Está ocupado este sitio? –preguntó él, refiriéndose al asiento que había al lado de ella.

–Ahora sí –contestó la mujer, susurrando.

Entonces él se sentó al lado de aquella seductora rubia.

–Soy Jackson y tú eres preciosa.

Ella se rió y agitó la cabeza.

–¿Siempre te funciona esa táctica?

–Normalmente sí. ¿Qué tal lo estás pasando esta noche?

–Te lo diré cuando me invites a otra bebida.

Jackson pensó que tenía que darle las gracias a su primo por no haber podido aparecer por allí. Le indicó a Eddie que le sirviera otra copa a ella y a continuación volvió a mirarla. De cerca, pudo ver lo azules que eran sus ojos, así como los carnosos y sensuales labios que tenía.

–Entonces... ¿puedo saber cómo te llamas?

–Casey. Me puedes llamar Casey.

–Bonito nombre.

–En realidad, no –contestó ella, encogiéndose de hombros–. Mi nombre completo es Casiopea.

–Bueno, ése es más bonito aún –dijo él, sonriendo.

Ella le devolvió la sonrisa y Jackson pudo jurar que sintió cómo la sangre le hervía en las venas.

–No, no lo es. No cuando tienes diez años y tus amigas se llaman Tiffany, Brittney o Amber...

–Así que decidiste utilizar el diminutivo.

En ese momento Casey miró a Eddie y le dio las gracias en voz baja por servirle otra copa.

–Eso hice –contestó–. Y le tengo que dar las gracias a mi padre. Mi madre adoraba los mitos griegos y por eso me puso este nombre. A mi padre le encantaba el béisbol... y de ahí vino Casey.

Jackson parpadeó, pero al instante se rió al percatarse de la conexión.

–¿Casey Stengel?

–Me sorprende que lo conozcas. La mayor parte de la gente de nuestra generación no sabe quién es.

Jackson se dio cuenta de que estaba disfrutando de aquella conversación y no pudo recordar la última vez que se había divertido hablando con alguien que le atraía tanto sexualmente.

–Por favor, estás hablando con un hombre que todavía tiene guardadas sus viejas fichas de jugadores de béisbol.

Ella levantó la copa y dio un trago a su bebida. Al observar cómo succionaba por la pajita, él sintió que su miembro viril se ponía erecto en un instante. Se le quedó la boca seca y se le aceleró el corazón. No sabía si ella estaba tratando a propósito de volverlo loco de pasión pero, tanto si lo estaba haciendo como si no, el resultado era el mismo.

Observó cómo Casey cruzaba las piernas y cómo lo miraba directamente a los ojos. En ese momento supo que lo estaba haciendo deliberadamente, ya que sus azules ojos estaban como esperando a ver la reacción que causaba. Él mismo había jugado a aquel tipo de juego durante muchos años.

Cuando ella dejó su copa sobre la barra, se lamió el labio superior con la lengua como para asegurarse de que no hubieran quedado gotitas de licor sobre él. Jackson observó el movimiento de su lengua y se excitó aún más.

–Entonces, Casey –dijo despreocupadamente–, ¿qué planes tienes para esta noche?

–No tengo ningún plan –admitió ella–. ¿Y tú?

Jackson bajó la mirada, observó los pechos de aquella mujer y volvió a mirarla a la cara a continuación.

–Hasta hace unos minutos no tenía planeado nada especial, pero ahora se me están ocurriendo un par de ideas.

Casey se mordió el labio inferior como si repentinamente se hubiera puesto nerviosa, pero él no se lo creía. Sus movimientos eran demasiado tranquilos y estaba muy segura de sí misma. Se había propuesto seducirle y lo estaba haciendo muy bien.

Normalmente le gustaba ser él quien llevara la voz cantante, pero aquella noche estaba encantado de hacer una excepción. Deseaba a aquella mujer más que respirar...

–¿Por qué no me permites invitarte a cenar en el restaurante del hotel? Así podríamos conocernos un poco mejor.

Casey sonrió, pero su corazón estaba en otra parte. Miró a su alrededor, como para asegurarse de que nadie les escuchaba, y entonces contestó:

–No estoy de humor para cenar, gracias.

–¿De verdad? –preguntó Jackson, intrigado–. ¿Entonces qué?

–En realidad, he deseado besarte desde el momento en el que te he visto.

–Pues yo creo que tenemos que tratar de conseguir lo que queremos –comentó él.

–Claro que sí –murmuró ella.

La voz de Casey estaba entrecortada y Jackson pudo sentir la tensión que reflejaba. Una tensión que él también compartía. En todo en lo que podía pensar era en besarla. Ya no le interesaba la cena; lo único que quería saborear era a aquella mujer.

–La pregunta es... –comenzó a decir en voz baja– si crees o no en hacer exactamente lo que quieres.

–¿Por qué no lo descubrimos? –sugirió ella, acercándose a él.

Jackson hizo lo propio, deseoso de saborear a aquella rubia que en cuestión de minutos le había llevado a un estado de salvaje necesidad, estado en el que jamás se había encontrado antes.

Los labios de ambos se encontraron y, en ese instante, la electricidad se apoderó de ellos. No había otra manera de describirlo. Jackson sintió el fuego que le quemó por dentro y se entregó a él. Al mover su boca sobre la de ella, casi se le derritió la sangre en las venas.

La fragancia a lavanda de Casey le embriagó y le nubló la mente. Pero se dijo a sí mismo que no debía llevar aquello demasiado lejos tan rápido, ya que quería disfrutarlo, deleitarse con ello. Y, para lograrlo, necesitarían ir a un lugar más privado que la barra de un bar. Pero cuando fue a romper el beso, ella lo agarró por el pelo y lo mantuvo donde estaba.

Casey abrió más la boca y lo invitó a un incitante beso. Lo agarró con tanta fuerza del pelo que le arrancó varios cabellos.

Jackson se echó para atrás y emitió una pequeña risotada.

–¡Vaya!

–Lo siento –se disculpó ella, ruborizada. Apartó la mano de la cabeza de él y se mordió el labio inferior–. Supongo que has conseguido sacar mi lado más salvaje.

Él pensó que ella estaba haciendo lo mismo con él. Lo único que quería en aquel momento era poseer a aquella excitante rubia. Nunca antes había deseado a ninguna mujer tan desesperadamente.

–Me gusta lo salvaje –dijo, reposando una mano en la rodilla de Casey. Entonces introdujo los dedos por debajo del corto vestido de ella y acarició su desnuda piel–. ¿Cómo de salvaje eres tú?

Casey respiró profundamente, agarró su bolso y metió la mano dentro de él como si estuviera buscando algo. Entonces volvió a cerrar el bolso, levantó la vista y lo miró a los ojos.

–Umm... –comenzó a decir–, quizá esto haya sido un error.

–Creo que estás equivocada –contradijo él, disfrutando al ver que ella daba un pequeño salto cuando le acarició el muslo–. Me parece que lo que ocurre es que esta noche te sientes un poco salvaje. Yo desde luego que sí.

–Jackson...

–Bésame de nuevo.

–Hay gente a nuestro alrededor –le recordó Casey.

–Hace un segundo eso no te preocupó.

–Pero ahora sí –aseguró ella.

–Ignóralos –ordenó él. Normalmente no le gustaba tener público, pero en aquel momento no le podía importar menos la gente que había a su alrededor. No quería darle la oportunidad a Casey de recapacitar y recobrar la cordura. Necesitaba besarla de nuevo.

Ella levantó la vista y lo miró a los ojos. Jackson pudo ver que estaba vacilando, por lo que se acercó de nuevo a besarla mientras subía la mano por su muslo...

Casey respiró profundamente y en pocos segundos se olvidó de todos sus prejuicios, tal y como él había esperado. Sus lenguas comenzaron a acariciarse en un erótico juego y, cuando Jackson la acarició todavía más arriba del muslo, suspiró y se estremeció.

–Marchémonos de aquí –susurró él una vez logró dejar de besarla.

–No puedo.

–Sí que puedes –aseguró Jackson–. Tengo una habitación en el hotel.

–Oh... –Casey negó con la cabeza–. Probablemente no sea buena idea.

–Créeme, es la mejor idea que he tenido en todo el día –dijo él, sacando de su cartera un billete de cien dólares y dejándolo sobre la barra del bar. Entonces se metió la cartera en el bolsillo y la tomó a ella de la mano–. Ven conmigo.

Casey lo miró de nuevo e, incluso bajo aquella tenue luz, él pudo vislumbrar algo parecido a la necesidad reflejado en sus ojos. No iba a rechazarlo y permitió que la sacara del bar.

Jackson la dirigió deprisa hacia los ascensores, ya que no quería darle la oportunidad de que cambiara de idea. Cuando llegaron, presionó el botón y las puertas de uno de los ascensores se abrieron. Entonces introdujo a aquella misteriosa mujer dentro y, antes incluso de que las puertas se cerraran, la echó contra la pared y la besó. Le acarició la lengua con la suya y sintió que se rendía ante él y que lo abrazaba por el cuello.

La besó apasionadamente y le acarició un pecho. Incluso por encima del vestido pudo sentir lo endurecido que tenía el pezón. Comenzó a incitarlo con el pulgar y oyó que ella gemía.

Cuando las puertas se abrieron al llegar a la última planta del hotel, Jackson se apartó de ella a regañadientes y vio que Casey tenía el pelo alborotado, los ojos vidriosos y los labios hinchados. La deseaba con desesperación.

La guió hacia la suite que ocupaba, abrió la puerta y la metió dentro. Cerró la puerta tras ellos y, en un instante, ella estaba de nuevo en sus brazos.

No hubo vacilación ni torpeza; era como si hubieran estado acariciándose el uno al otro durante toda una eternidad. No hubo juegos, sólo necesidad, deseo. Una salvaje pasión se apoderó del ambiente.

Jackson le bajó la cremallera del vestido y se lo deslizó por los hombros. Casey no llevaba sujetador y pudo observar que sus pechos eran preciosos, del tamaño perfecto. Tenían un aspecto tan tentador que no esperó ni un segundo más...

Los cubrió con sus manos e incitó sus endurecidos pezones mientras oía cómo ella gemía. Entonces agachó la cabeza para saborear un pezón y después el otro, tras lo cual supo que necesitaba más de ella.

Casey lo tenía agarrado estrechamente por los hombros.

–Necesito más –murmuró él, incitando uno de sus pezones con la lengua–. Todo...

En ese momento le bajó completamente el vestido y la ayudó a quitárselo. Ella le quitó la chaqueta y la corbata a él. A continuación le desabrochó los botones de la camisa. Jackson le acarició su maravilloso cuerpo como si quisiera memorizar cada curva.

Ella le acarició el pecho y él se apresuró a quitarse el resto de la ropa. Entonces tomó en brazos a Casey y la colocó sobre la primera superficie apropiada que encontró; no podía esperar más. Tenía que poseerla, estar dentro de ella. Tenía que saber cómo era estar rodeado por su calor.

–Ahora –susurró ella cuando la puso sobre el enorme sillón que había en el salón de la suite. Separó las piernas para él y le tendió los brazos–. Ahora, Jackson. Necesito...

–Yo también –admitió él, deseoso de hacerle saber cuánto le afectaba. Quería que ella supiera que desde el momento en el que le había sonreído en el bar había estado deseando aquello.

A continuación dejaron de hablar y todo lo que tuvieron que decir lo dijeron sus cuerpos por ellos. La penetró con fuerza y ella gimió. Le exigió silenciosamente que la explorara más profundamente, más rápidamente...

Y él lo hizo.

Cada movimiento de ella conseguía alimentar su necesidad. Cada caricia, cada jadeo, cada gemido y suspiro estaban logrando que llegara a un estado de pasión que nunca antes había experimentado. Y quería más...

Cuando sintió que se estaba aproximando al clímax, la miró a los ojos y observó cómo el placer se reflejaba en su cara. Oyó cómo gritaba y sintió cómo temblaba su cuerpo. Entonces ella lo abrazó por las caderas con las piernas mientras gritaba su nombre.

Jackson sintió que su cuerpo explotaba de placer y se veía invadido por la salvaje tormenta que ella acababa de experimentar...

Casey se despertó en medio de la noche. Le dolía el cuerpo, pero tuvo que admitir que se sentía estupendamente. Había pasado mucho tiempo desde que había practicado el sexo y ya casi se había olvidado de lo maravilloso que era.

Pero la culpa comenzó a apoderarse de ella, que no era de las mujeres que se acostaban con un tipo una sola noche. Nunca antes había hecho algo parecido y estaba tratando de asimilarlo.

La luz de la luna se colaba por las puertas francesas que poseía el dormitorio, puertas que ella suponía daban a una terraza.

Se preguntó a sí misma qué había hecho. Entonces se dio la vuelta en la cama y observó al hombre que dormía a su lado. Estaba tumbado bocabajo, tapado hasta las caderas por el edredón. Casey tuvo que contenerse para no apartarle su oscuro pelo de la frente.

No había planeado practicar el sexo con él, aunque lo que habían compartido no se podía describir como simplemente sexo. El sexo era algo sólo biológico o, al menos, así había sido para ella antes de aquella noche. Pero lo que había compartido con Jackson iba más allá de todo lo que había experimentado antes. Incluso en aquel momento, cuando habían pasado horas desde que la hubiera acariciado por última vez, su cuerpo todavía estaba alterado.

No quería una relación seria. Había conseguido lo que había ido buscando mientras habían estado en el bar, pero no comprendía cómo había terminado acostándose con él.

Lo único de lo que estaba segura era de que se tenía que haber marchado hacía mucho tiempo.

Era mejor que lo hiciera antes de que él se despertara y tratara de impedírselo. Con mucho cuidado, se bajó de la enorme cama y vio cómo Jackson se movía mientras dormía. Pudo ver un poco de piel de éste justo debajo de su cintura y se forzó a apartar la vista. No necesitaba que le tentaran para quedarse; aquello no era parte de su plan. Ya había llegado demasiado lejos, había permitido que sus hormonas y su necesidad borraran cualquier pensamiento racional.

De puntillas, como un ladrón desnudo, se apresuró a salir al salón de la lujosa suite y buscó su ropa bajo la tenue luz que había. Pero no se atrevía a encender la luz, ya que no quería correr el riesgo de despertarlo. No quería que la tentara a volver a sus brazos, a su cama.

–Eres una idiota –susurró, incapaz de creer que hubiera terminado en una situación como aquélla. Normalmente tenía mucho más cuidado, incluso era comedida.

Cuando por fin vio su vestido, lo agarró, se lo puso y subió la cremallera trasera con torpeza. No encontró sus medias, que parecían haber desaparecido. Tomó sus sandalias y buscó su bolso, el cual encontró en el suelo, medio metido debajo del sofá en el que había estado con Jackson. Tragó saliva con fuerza y se dirigió a la puerta principal, desde la que miró para atrás una última vez. Todo aquello era tan diferente a su vida real que se sintió como Cenicienta al final del baile. La magia se había acabado, así como el hechizo.

Había llegado el momento de regresar al mundo real.

Capítulo Dos

–Su nombre es Casey, es rubia y de ojos azules.

–Bueno… –dijo su ayudante, Anna Coric– por lo menos eso nos da alguna pista. ¿Has dicho que tiene los ojos azules?

–Muy graciosa –comentó Jackson sin ningún humor. Cuando se había despertado aquella mañana, se había percatado de que estaba solo y, si no hubiera podido oler la leve fragancia a lavanda que ella había dejado impregnada en su piel, si no hubiera encontrado unas sensuales medias en el salón, hubiera podido convencerse a sí mismo de que las horas que había pasado con aquella misteriosa mujer nunca habían ocurrido.

Se preguntó por qué demonios se habría marchado sin decirle ni una sola palabra.

Anna, una mujer de mediana edad madre de cuatro hijos, trabajaba para él en el aeródromo de la familia King. Se ocupaba de todo el papeleo y se aseguraba de que tanto Jackson como los pilotos que trabajaban para él cumplieran con sus agendas.

–Espera –añadió Jackson al recordar algo–. Me dijo que su nombre completo era Casiopea. Eso debería ayudarte a encontrarla.

Anna lo miró y dejó un momento aparcado el trabajo que estaba realizando.

–Por mucho que me complazca saber que piensas que soy una trabajadora excepcional, necesitaría saber algo más que su nombre y el color de sus ojos para encontrarla.

–Comprendo.

–Además... –comenzó a decir Anna pensativamente–, ¿no tienes ya suficientes mujeres en tu vida?

–Tienes razón, Anna, mi amor –contestó Jackson, bromeando–. Tú eres más que suficiente para mí.

Ella se rió, tal y como él sabía que ocurriría.

–Oh, eres muy ingenioso, Jackson. Tengo que reconocerlo.

Él era lo suficientemente ingenioso como para haber logrado cambiar de tema antes de que Anna comenzara a recordarle cosas en las que prefería no pensar en aquel momento.

Entonces dejó a su ayudante trabajar tranquila y entró a su despacho, desde cuyas ventanas se veía todo el aeródromo.

Poseía una gran flota de aviones y tenía todo un equipo de pilotos trabajando para él, pero disfrutaba del estilo de vida libre y sin compromisos que dirigir su negocio le permitía mantener. Y, además, disfrutaba muchísimo volando.

Pero aquel día se sentó tras su escritorio e ignoró las vistas.

–Casey... ¿Casey qué? –dijo–. ¿Y por qué demonios no le preguntaste su apellido?

Disgustado, se echó para atrás en la silla y miró el teléfono. Aquello no debería molestarle. Estaba acostumbrado a estar una sola noche con algunas mujeres, pero normalmente era él quien se marchaba sin decir nada. No estaba acostumbrado a que una mujer le abandonara en medio de la noche. No estaba acostumbrado a ser él quien se preguntara qué había ocurrido.

Cuando sonó el teléfono, contestó.

–¿Quién es?

–Se te nota muy animado esta mañana.

Jackson frunció el ceño al oír la voz de su hermano.

–Travis, ¿qué ocurre?

–Sólo quería comprobar si sigue en pie nuestra cena del fin de semana. Julie lo ha arreglado todo con su madre para que ejerza de niñera.

A pesar de su humor de perros, Jackson sonrió. Durante los años anteriores se había convertido en tío. En dos ocasiones. Primero, su hermano mayor, Adam, y la esposa de éste, Gina, habían tenido a Emma, que en aquel momento tenía año y medio. Después habían sido Travis y Julie quienes habían tenido otro bebé; su pequeña Katie sólo tenía unos pocos meses y ya era la reina de la casa.

Aunque Jackson quería mucho a sus sobrinas, tras una visita a cualquiera de sus hermanos regresaba a su tranquilo hogar invadido por un sentimiento de gratitud. No había nada como estar cerca de parejas con bebés para que un hombre apreciara ser soltero.

–Sí –contestó–. Sí, claro que sigue en pie. Tenemos una mesa reservada en Serenity, a las ocho. Pero nos podíamos ver en el bar sobre las siete para tomar algo primero. ¿Qué te parece?

–Estupendo. ¿Nos acompañará Marian?

–No veo por qué tendría que hacerlo; no es parte de la familia.

–Pero lo será.

–Todavía no le he pedido que se case conmigo, Travis.

–Pero vas a hacerlo.

–Sí –concedió Jackson, que había decidido hacerlo hacía más de un mes.

Marian Cornice era la hija única de Victor Cornice, el hombre que poseía la mayor parte de los aeródromos privados del país.

Que ambas familias se unieran era una decisión de negocios, pura y simple. Una vez estuviera casado con Marian, Aviones King aumentaría aún más su flota. La familia Cornice era rica, pero comparada con la fortuna de los King eran unos advenedizos. Con el matrimonio, Marian adquiría el apellido King y la fortuna que éste conllevaba, aparte de complacer a su padre, quien había sido el que había incitado aquella unión. Y Jackson adquiría los aeródromos. Todos salían ganando. Sus dos hermanos se habían casado por conveniencia y habían logrado que sus relaciones funcionaran. ¿Por qué iba a ser él diferente?

–Si vas a hacer esto en serio, me refiero a casarte con ella, sería una oportunidad para que Marian se acostumbrara a la familia –señaló Travis–. Pero si prefieres no hacerlo, está bien. Le diré a Adam lo de la cena. Voy a llevar a Julie al rancho para que Gina, las niñas y ella puedan pasar el día juntas.

–Hermano –dijo Jackson, agitando la cabeza y riéndose levemente–. ¿Te imaginaste siendo padre alguna vez? Porque tengo que decir que a mí me resulta extraño pensar en Adam y en ti como papás.

–También es extraño serlo –admitió Travis–. Pero algo agradablemente extraño. Deberías probarlo.

–Jamás, hermano mayor –contestó Jackson.

–Quizá Marian te haga cambiar de idea.

–No lo veo probable –respondió Jackson–. Ella no tiene mucho instinto maternal. Claro que por mí no hay ningún problema. Yo puedo ser el tío más maravilloso del mundo y mimar demasiado a vuestras hijas... para luego llevarlas de vuelta con vosotros.

–A veces se cometen errores –dijo Travis–. A todos nos sorprende algo alguna que otra vez.

Travis y Julie no habían planeado tener un hijo en aquel momento, pero Jackson no cometería el mismo error.

–En lo que a eso se refiere, tengo muchísimo cuidado. Tengo tanto cuidado que casi estoy cubierto de pies a cabeza por un envoltorio de plástico. Soy...

En ese momento, un espantoso pensamiento le pasó a Jackson por la cabeza. Se levantó de la silla de inmediato.

–Estás hecho a prueba de errores, comprendo... –comentó Travis, esperando en vano una respuesta–. ¿Jackson? ¿Estás bien?

–Sí –murmuró su hermano–. Tengo que colgar, adiós.

Pensó que la noche anterior no había tenido cuidado. Ni siquiera había pensado en ello hasta aquel minuto. Había estado demasiado embelesado con aquella misteriosa rubia de ojos azules y se había dejado llevar por la urgencia del momento.

Por primera vez en muchos años, no había utilizado preservativo.

Maldijo, le dio una patada a uno de los cajones de su escritorio e ignoró el dolor que ello le causó. Pero si se había roto algo, se lo merecía. Se preguntó cómo había podido ser tan estúpido. No sólo no había tenido cuidado, sino que había estado con una extraña, una mujer de la que no sabía absolutamente nada. Una mujer que podía haberlo planeado todo para quedarse embarazada de un miembro de la poderosa familia King.

Se puso muy tenso y se dijo a sí mismo que tenía que encontrar a aquella mujer sin importar lo difícil que resultara. Tenía que descubrir quién era y qué demonios había querido conseguir…

Todavía furioso consigo mismo, miró por la ventana. Vio los aviones de su familia, aviones que formaban parte del imperio del que se llevaba encargando desde los veinticinco años y que había convertido en uno de los más envidiables del mundo.

Se repitió a sí mismo que debía encontrar a aquella mujer, sobre todo en aquel momento, ya que no podía correr el riesgo de no llevar a cabo la fusión con la familia Cornice.

Una semana después, Casey agarró el auricular del teléfono con tanta fuerza que se hizo daño en los nudillos.

–¿Estás segura? ¿No hay ningún error?

–Cariño, lo he comprobado una y otra vez –contestó Dani Sullivan, la mejor amiga de Casey–. No hay ningún error.

–Lo sabía –dijo Casey, suspirando. Se apoyó en

la pared de la cocina y miró el reloj que había enfrente. Eran las cinco de la tarde–. Gracias por haberte dado tanta prisa con esto. Te lo agradezco mucho.

Dani trabajaba en un laboratorio privado y había realizado la prueba ella misma.

–No hay ningún problema, cariño –contestó–. ¿Pero qué es lo que vas a hacer ahora?

–Sólo hay una cosa que puedo hacer –respondió Casey–. Tengo que ir a verlo.

–Umm… Teniendo en cuenta lo que ocurrió la última vez que fuiste a verlo, quizá deberías pensar en llamarle por teléfono.

–No vas a dejar que me olvide de eso, ¿verdad? –preguntó Casey, que siempre le confiaba todo a su mejor amiga.

–El problema es que tú misma no te has olvidado de ello, ¿no es verdad?

–No –se sinceró Casey. No se había olvidado y, de hecho, había soñado con Jackson cada noche. Se despertaba de madrugada sintiéndose caliente y ruborizada–. Pero eso no significa que vaya a cometer el mismo error de nuevo.

–Uh… uh…

–¿Sabes una cosa? No me vendría mal un poco de apoyo.

–Oh, yo te doy todo mi apoyo –aseguró Dani–. Pero aun así sigo pensando que no es buena idea que vuelvas a verlo cara a cara. Teniendo en cuenta la clase de noticia que le vas a dar, creo que sería mejor que le telefonearas.

Seguramente Dani tenía razón, pero ella no podía hacer eso. Realmente le molestaba estar en aquella situación, pero no había nada que pudiera hacer al respecto.

–No –dijo–. Tengo que decírselo. Y tengo que hacerlo mientras le mire a la cara.

–Jamás puedo hacer que cambies de opinión una vez te has decidido a hacer algo –murmuró Dani.

–Eso es cierto.

–Ten cuidado, ¿de acuerdo? –pidió su amiga–. Es uno de los King, ya lo sabes. Prácticamente poseen la mitad de California. Si quiere, podría hacer que tu vida fuera muy difícil.

Casey sintió que el miedo se apoderaba de ella. Ya había pensado en eso, pero había investigado acerca de Jackson y había descubierto que era un playboy de los que no querían compromisos.

Así que estaba segura de que, a pesar de lo que le iba a decir, él no iba a causarle problemas. Probablemente le diera las gracias por decírselo, extendiera un cheque a su nombre, como si ella fuera a aceptar su dinero, y regresara a su alocado estilo de vida multimillonario.

–No lo hará –dijo con firmeza, preguntándose si estaba tratando de convencer a su amiga o a ella misma.

–Espero que tengas razón, ya que te estás jugando mucho.

Capítulo Tres

Jackson miró a la mujer con la que pretendía casarse y se percató de que sólo sentía un cierto interés por ella. No se podía comparar con lo que había sentido por aquella misteriosa mujer con la que había estado.

Había esperado que con el tiempo la leve atracción que había entre su futura esposa y él se intensificara, pero no había ocurrido todavía. Recordó a Casey, cómo sonreía, el aspecto que había tenido desnuda, cómo lo había deseado... Ante aquellos recuerdos, sintió que le ardía el cuerpo y una cierta opresión en el pecho.

Se preguntó qué habría estado buscando Casey. Lo había seducido deliberadamente, lo había atraído a ella para luego desaparecer. ¿Qué clase de persona haría eso? ¿Y por qué?

–Mi padre me ha dicho que estás interesado en la pista de aterrizaje del Estado de Nueva York –dijo Marian, captando la atención de Jackson.

–Sí, es lo suficientemente grande como para albergar varios vuelos al día y ya he planeado una nueva agenda con mis pilotos –contestó él, que quería centrarse en aquello y olvidarse de la mujer misteriosa que tanto le estaba distrayendo. Bebió un poco del café que había pedido después de cenar y miró la mousse de chocolate que había sobre la mesa.

Había aprendido una cosa acerca de Marian durante los anteriores meses y era que le preocupaban más las apariencias que la realidad. Estaba extremadamente delgada y casi nunca comía nada cuando salían. Pero, aun así, siempre pedía comida con ganas, para después no probar casi nada.

Recordó que Casey sí que tenía curvas, un cuerpo diseñado para que un hombre se hundiera en su suavidad...

¡Maldita fuera!

Marian lo estaba observando con sus calmados ojos marrones. Llevaba su pelo castaño oscuro peinado en un moño e iba ataviada con un vestido negro de cuello alto que la hacía parecer aún más delgada de lo que en realidad estaba. Jackson se preguntó por qué la estaba mirando de manera distinta.

La cajita de terciopelo que llevaba en el bolsillo comenzó a quemarle. Sentirla le recordaba constantemente lo que iba a hacer aquella noche, pero hasta aquel momento no había sido capaz de pedirle a Marian lo que sin duda ella quería oír.

Cuando sintió que su teléfono móvil vibraba, lo agarró, aliviado.

–Lo siento –se disculpó–. Los negocios.

Ella asintió con la cabeza y él miró la pantalla de su móvil. No reconoció el número, pero respondió de todas maneras.

–Jackson King.

–Soy Casey.

Al oír aquello, Jackson sintió que le daba un vuelco el corazón. Aunque ella no se hubiera identificado, él hubiera reconocido su voz, ya que llevaba oyéndola en sueños durante muchas noches.

Pero no comprendió cómo había conseguido su número. Miró a Marian, la cual lo estaba observando, y habló en voz baja.

–Quería hablar contigo.

–Ahora tienes una oportunidad –contestó ella–. Estoy en la cafetería Drake, en la autopista del Pacífico.

–Conozco el sitio.

–Tenemos que hablar. ¿Cuánto tardarías en llegar?

Jackson miró a Marian. Se sintió aliviado de poder escaparse de aquella situación y no tener que pedirle lo que había ido allí a preguntarle.

–Dame media hora.

–Está bien –respondió Casey, colgando a continuación.

Jackson cerró su teléfono móvil, se lo metió en el bolsillo y miró a la mujer que tenía delante.

–¿Problemas? –preguntó ella.

–Más o menos –contestó él, agradecido ante el hecho de que Marian no exigiera explicaciones.

Ella estaba acostumbrada a que su padre se marchara de las cenas para atender sus negocios. Entonces él sacó dinero para pagar la cuenta, junto con una cuantiosa propina, y se levantó.

–Te llevaré a casa primero.

–No es necesario –dijo ella, dando un sorbo a su café–. Me terminaré el café y después me iré a casa.

A Jackson no le gustó aquello. Se sentía mal por dejarla para ir a ver a otra mujer y lo mínimo que podía hacer era llevarla a casa. Pero Marian tomaba sus propias decisiones.

–No seas tonto, Jackson. Puedo telefonear para pedir un taxi. Márchate. Ocúpate de los negocios.

Él no debía haberse sentido aliviado, pero así fue.

–Está bien. Mañana te telefoneo.

Marian asintió con la cabeza, pero Jackson ya se había dado la vuelta y se dirigía hacia la salida. Iba pensando en su próxima cita; por fin se iba a encontrar con su mujer misteriosa. Iba a descubrir lo que ésta había pretendido cuando se había acercado a él y si estaba protegida por algún método anticonceptivo cuando habían estado juntos.

Y tal vez, si ella jugaba bien sus cartas, ambos podrían disfrutar de una noche más de increíble sexo.

Cuarenta y cinco minutos después aparcó el coche frente a Drake. Aquel lugar era todo un clásico en aquella zona de California. La comida era buena, barata y siempre estaba abierto.

Era un sitio muy distinto del restaurante en el que él acababa de estar y, cuando abrió la puerta para entrar, se encontró con una gran algarabía. La gente estaba manteniendo conversaciones, reía, un niño lloraba... Había una brillante luz en el techo y cuando la camarera que recibía a los clientes vio a Jackson, pareció que ella misma también se iluminaba.

Aunque él apenas se percató, ya que estaba mirando hacia las mesas para encontrar a la persona que estaba buscando. Pelo rubio, mejillas pálidas... y unos ojos azules que lo estaban mirando.

–Gracias –dijo, pasando de largo a la camarera–. He encontrado mi mesa.

Mientras se dirigía hacia Casey, no dejó de mirarla ni un instante y trató de descifrar las emociones que se reflejaban en su cara. Pero eran muchas y cambiaban demasiado rápido.

Aquella noche no estaba vestida para seducir. Llevaba puesta una camiseta verde de manga larga y estaba despeinada, como si se hubiera estado pasando los dedos entre el pelo. Se estaba mordiendo el labio inferior.

Jackson se dijo a sí mismo que ella debía de estar nerviosa. Él tenía unas cuantas cosas que decirle y dudaba que le fueran a gustar. Pero con sólo mirarla ya se excitaba y sintió que su miembro viril se endurecía. Aquella mujer le afectaba como ninguna otra lo había hecho jamás. Pero, aunque era cierto, aquello no era algo que quisiera admitir.

Cuando llegó a su mesa, se detuvo delante de ella, abrió la boca para hablar y la volvió a cerrar.

Al lado de Casey, colocada en la banqueta en la que estaba sentada, había una sillita para niños. Y en ella había una niña pequeña. Jackson frunció el ceño cuando la nena, que seguramente no había cumplido ni un año, giró la cabeza y lo miró. Le sonrió, mostrando dos diminutos dientes blancos...

Y sus ojos.

Apartó la vista de la niña y miró fijamente a Casey.

–¿Qué demonios está pasando?

Durante un segundo, Casey se planteó si Dani no habría tenido razón. Quizá debía haberle dado la noticia por teléfono ya que, por lo menos de esa manera, no hubiera tenido que enfrentarse a un hombre tan atractivo que la estaba mirando como si fuera una extraterrestre.

Lo había observado desde que había llegado a la cafetería y había visto cómo se acercaba a ella, vestido con aquel elegante y carísimo traje que llevaba. Lo miró a los ojos, los mismos ojos que veía todas las mañanas cuando su hija se despertaba y le sonreía. Trató de controlar los nervios que le estaban revolviendo el estómago.

Estaba convencida de estar haciendo lo correcto, pero eso no significaba que se sintiera cómoda con aquella situación.

Observó cómo él volvía a mirar a la niña y después a ella, momento en el que sintió cómo su tensión aumentaba ya que irradiaba de su cuerpo.

Y las cosas iban a empeorar durante los minutos siguientes.

–¿Por qué no te sientas, Jackson? –sugirió finalmente, indicándole la banqueta que había frente a ella. Se dijo a sí misma que mantuviera la calma, que eran dos adultos capaces de arreglar la situación.

Como si repentinamente se hubiera percatado de que estaban en público, Jackson se sentó donde le había indicado ella.

–Gracias por venir.

–Oh, ¿ahora vamos a ser educados? –dijo él, agitando la cabeza y mirando de nuevo a la pequeña.

Casey sabía lo que Jackson estaba viendo. Una preciosa niña pequeña con un hermoso pelo oscuro y rizado… y unos grandes ojos marrones. Tenía las mejillas sonrosadas, ya que había estado durmiendo durante el trayecto hacia la cafetería y sonreía abiertamente. Parecía encantada con el mundo.

Pero Jackson no parecía tan encantado. Lo que parecía era como si le acabaran de dar un gran golpe en la cabeza.

Casey no podía culparlo; se acababa de percatar de una realidad con la que ella llevaba viviendo casi dos años. Y era mucho que asimilar. Sobre todo para alguien como él.

Según las investigaciones que había realizado sobre él, era un mujeriego. De ahí que hubiera tratado de seducirle en el bar del hotel la semana anterior. Había sabido que iba a responderle si ella mostraba el más mínimo interés. Y precisamente eso fue lo que Jackson hizo. Era un hombre que no podía comprometerse por más de unas semanas, estaba dedicado a satisfacer su propio placer y a vivir su vida plenamente. No era el prototipo de padre ejemplar.

Cuando volvió a mirarla, Casey se puso tensa. Los ojos de él reflejaban acusación y reproche.

–Como estamos siendo tan civilizados... ¿quieres explicarme qué es exactamente lo que está ocurriendo aquí?

–Por eso te telefoneé, para explicártelo.

–Empieza por decirme cómo conseguiste mi número de teléfono móvil –exigió saber él, asintiendo con la cabeza ante una camarera que les llevó café.

La muchacha dejó el café sobre la mesa y se retiró apresuradamente al percibir la desdeñosa mirada de Jackson.

–Telefoneé a tu oficina del aeródromo King –contestó Casey–. El contestador automático de allí ofrece tu número de móvil por si hay alguna emergencia. Y pensé que esto se podía describir como tal.

Jackson respiró profundamente y dio un sorbo de café.

–Está bien. Ahora, ¿qué te parece si me explicas el resto? Comenzando por tu nombre completo.

–Casey Davis.

–¿De dónde eres?

–Vivo justo a las afueras de Sacramento, en un pequeño pueblo llamado Darby.

–Muy bien. Ahora, acerca... –dijo él, mirando de nuevo a la pequeñina.

Casey respiró profundamente con la esperanza de controlar los nervios que le estaban revolviendo todo por dentro. Había sabido que aquello iba a ser duro, pero lo que no había previsto era que se iba a quedar muda cuando llegara el momento de hablar.

Carraspeó y se dijo a sí misma que simplemente lo dijera. Acercó la mano para acariciar la cabeza de su hija.

–Ésta es Mia. Tiene casi nueve meses... –comenzó a decir, haciendo una pausa para mirar a Jackson a los ojos– y es hija tuya.

–Yo no tengo hijos –contestó él, frunciendo el ceño–. No comprendo qué estás tratando de conseguir, pero no va a funcionar. No te había visto nunca hasta hace una semana.

–Lo sé.

Jackson se rió sin humor.

–Vine aquí porque quería descubrir quién eras, por qué huiste de mí, y si estabas tratando de atraparme al quedarte embarazada adrede... pero parece que ibas mucho más adelantada que yo.

Casey se enderezó, sintiéndose insultada. Estaba tratando de hacer lo correcto y él pensaba que...

–No estaba haciendo nada por el estilo.

–Aquella noche me sedujiste intencionadamente.

–No fue difícil –respondió ella, recordándole con ello que no lo había secuestrado, ni atado a la cama, ni se había aprovechado de él. Pero al recordar de nuevo aquella noche su cuerpo se excitó a pesar de sus intentos de controlarse.

–Ése no es el asunto –dijo Jackson, agitando una mano de manera desdeñosa–. Tú lo tenías todo preparado y quiero saber por qué.

Tras agarrar una servilleta, Casey se echó para delante y le limpió la boca a la pequeña Mia. Entonces miró de nuevo al hombre que estaba sentado a la mesa con ellas.

–Fui allí para tomar una muestra de tu ADN.

Jackson volvió a reír. Más alto que la vez anterior, más duramente.

–¡Pues llegaste muy lejos para conseguirlo!

Casey se ruborizó y pudo sentir el calor en sus mejillas. Miró a su alrededor para asegurarse de que los demás comensales no les estaban prestando atención.

–Tomé algunos de tus cabellos. Recuerdas cuando me besaste...

–Si recuerdo bien, tú me besaste a mí –la interrumpió él.

Era cierto. Ella lo había hecho. Todo había sido parte del plan que había comenzado a ir mal casi instantáneamente después de que su boca hubiera tocado la de él...

–Está bien. Te besé. ¿Recuerdas que te tiré del pelo?

–Ah, sí –contestó él, echándose para atrás en su asiento y reposando la espalda en el respaldo. Se cruzó de brazos–. Dijiste que te sentías salvaje.

–Sí, bueno... necesitaba un folículo de tu pelo para que pudieran analizarlo.

–¿Por qué no simplemente lo pediste?

En aquel momento fue Casey quien se rió.

–¡Claro! Voy a acercarme a un extraño y pedirle una muestra de su ADN.

–¿Prefieres acercarte a un extraño y besarlo?

–En ese momento me pareció una buena idea –admitió ella, frunciendo el ceño.

–¿Y el resto? –quiso saber él–. ¿También era parte de tu plan? Pasar la noche conmigo... ¿para qué? ¿Para de alguna manera atraparme en algo? ¿Para excitarme tanto que ninguno de nosotros dos considerara utilizar protección?

Casey se sintió mal ante aquello. Aquella noche ni siquiera había pensado en utilizar protección. Según recordaba, había estado tan excitada, tan necesitada, tan al límite, tan embargada por un deseo que nunca antes había sentido, que no se había parado a pensar en utilizar un preservativo. Y aquél había sido un gran error.

–No planeé nada de eso –dijo con firmeza–. Todo lo demás que ocurrió aquella noche simplemente... ocurrió. Y ya que estamos hablando del tema, me gustaría asegurarte que estoy perfectamente sana. Espero que tú puedas decir lo mismo.

–Sí, lo estoy.

Casey se sintió un poco más aliviada.

–Estupendo.

–¿Y la otra preocupación que existe? –preguntó él despacio, como juzgando la reacción de ella.

–¿Te refieres a un posible embarazo?

Jackson inclinó la cabeza hacia Mia.

–Parece que eres suficientemente fértil, así que es una pregunta razonable.

–No tienes que preocuparte –contestó ella–. Los médicos dicen que me resultaría muy difícil quedarme embarazada de forma natural.

Él levantó una ceja y Casey se sintió un poco avergonzada. Su historia personal era eso, personal. No era algo de lo que hablara con cualquiera.

–Aun así... –Jackson asintió de nuevo hacia Mia–. Mira, dejemos todo lo demás apartado por el momento y ocupémonos de lo que es realmente importante. Necesitabas mi ADN, ¿por qué? No nos habíamos visto nunca antes. ¿Cómo podías pensar que yo era el padre de tu hija?

Más historias personales de las que Casey preferiría no hablar. Pero había ido allí aquella noche porque había pensado que no tenía otra opción.

–Hace casi dos años... –comenzó a decir en voz baja– fui a la clínica Mandeville...

En aquel momento, Casey vio la comprensión que reflejaron las facciones de él, cuya mueca se relajó y cuya mirada se dirigió de nuevo hacia Mia. Pero en vez de enfado o sospecha, lo que reflejaron sus ojos fue asombro.

–El banco de esperma –murmuró él.

–Así es –concedió ella, incómoda al tener que

hablar de aquello con el «donante» que había hecho posible el nacimiento de su hija.

Jackson agitó la cabeza y se restregó una mano por la cara.

–No es posible.

–Sí que lo es –le contradijo ella.

–No, no comprendes –insistió él, mirándola penetrantemente a los ojos–. Admito que cuando estuve en la universidad fui a una clínica con un amigo mío. Habíamos perdido una apuesta y...

–¿Una apuesta?

Él frunció el ceño.

–Bueno... –continuó– fuimos a la clínica, hice la donación, y no volví a pensar en ello hasta hace más o menos cinco años. Me percaté de que no quería tener un hijo propio, desconocido por mí, creciendo en algún lugar. Les dije que quería que destruyeran la muestra.

Al oír aquello, Casey sintió que un escalofrío le recorría el cuerpo. Miró a su hija y, mientras una oleada de amor la embargaba, trató de imaginarse una vida sin Mia. Y no pudo. De alguna manera, por un error burocrático, la orden que había dado Jackson no se había cumplido. Y ella sólo podía estar agradecida. Saber lo cerca que había estado de no tener a Mia sólo conseguía que apreciara aún más a su hija.

–Bueno, me alegra saber que no hicieron lo que les ordenaste –dijo, sonriendo.

–Obviamente.

No fue difícil intuir los sentimientos que aquello había provocado en él... estaba evitando mirar a Mia a toda costa. Pero a Casey no le molestaba.

No quería que él estuviera interesado en su hija. Mia era suya, era su familia. Sólo había ido a hablar con Jackson porque sentía que éste tenía derecho a saber que tenía una hija.

–Pensaba que los bancos de esperma eran anónimos –dijo él tras un momento.

–Se supone que así debe ser.

Cuando ella había acudido a la clínica Mandeville se había asegurado de que nunca sabría la identidad del padre de su hija. Después de todo, no estaba buscando una relación sentimental y no necesitaba una pareja que la ayudara a criar a su hijo. Todo lo que había querido había sido un bebé al que querer, tener una familia propia.

Cuando le aseguraron que la identidad de los donantes estaba muy bien protegida, se sintió aliviada. Y ese alivio la había acompañado siempre hasta hacía más o menos un mes.

–Hace casi cuatro semanas me llegó un e-mail –explicó–. Era de la clínica Mandeville. En él aparecía mi nombre, el número de donante que elegí y te identificaba a ti como el hombre que realizó el depósito original.

Jackson esbozó un leve gesto de dolor.

–Naturalmente, me puse furiosa. Recuerda que se suponía que todo esto debía ser algo anónimo. Telefoneé a la clínica para quejarme –continuó–. Se pusieron muy nerviosos. Parece ser que alguien consiguió la información de sus ordenadores y envió docenas de e-mails a mujeres identificando al padre de sus hijos. Se suponía que aquello no tenía que haber ocurrido, pero ya era demasiado tarde para cambiar nada.

–Entiendo –dijo Jackson de manera contenida.

Casey comprendió el enfado de él, pero pensó que debía entender que para ella también era una situación desagradable.

–Yo no quería saber el nombre del padre de mi hija –aseguró con firmeza–. No estaba interesada en quién era cuando me inseminé y no lo estoy ahora. No fui a un banco de esperma buscando una relación duradera; lo único que quería era un bebé.

–Y descubriste todo esto hace un mes –dijo él.

–Sí.

–¿Y por qué has esperado tanto para decírmelo?

–Si te digo la verdad... –contestó Casey–, al principio consideré no decirte absolutamente nada.

Jackson pareció bastante impresionado.

–Pero enseguida me percaté de que tenías derecho a saberlo... si realmente eras el padre de Mia.

–¿Lo dudaste?

–¿Por qué no iba a hacerlo? –respondió ella–. Sólo porque algún pirata informático se coló en el sistema de la clínica no significa que hiciera un buen trabajo –añadió, mirándolo directamente a los ojos–. Además, tú no eres la clase de padre que yo quería para mi bebé. Cuando fui a Mandeville, solicité el esperma de un científico.

Durante un segundo, la cara de Jackson reflejó lo insultado que se sentía, entonces agitó la cabeza como si no pudiera creer que estuvieran manteniendo aquella conversación.

–¿Un científico?

–Quería que mi hijo fuera inteligente.

Jackson la miró fijamente.

–Yo me gradué magna cum laude.

–¿Con una licenciatura en fiestas? ¿O en mujeres?

–Resulta que tengo un máster en administración de empresas, claro que eso no es asunto tuyo.

Ella ya lo sabía gracias a la investigación que había llevado a cabo, pero también sabía lo que Jackson King consideraba primordial en su vida. Y no era alcanzar méritos intelectuales.

–Ya no importa –dijo, suspirando–. Quiero a mi hija y no me importa quién es su padre.

–Pero, aun así, en cuanto descubriste que su padre era Jackson King… –respondió él– viniste a mí. ¿Así que sobre qué versa esta pequeña reunión?

–¿Perdona? –preguntó ella de una manera tan estirada que le recordó a su difunta tía Grace.

–Ya me has oído, Casey Davis. Viniste aquí para presentarme a mi hija…

–Mi hija –corrigió ella, preguntándose por qué repentinamente aquella conversación parecía estar convirtiéndose en algo más que una batalla verbal.

–Lo que hace que cualquier hombre se pregunte qué es lo que quieres. ¿Dinero? –sugirió él, sacándose la cartera del bolsillo de la camisa–. ¿Cuánto quieres? ¿Quieres sustento para la niña? Todo esto versa sobre el dinero, ¿verdad?

–¡Qué típico! –espetó ella, sintiendo cómo comenzaba a enfadarse–. No me extraña que pienses que es sobre dinero. Es así como ves el mundo. Bueno, ya te lo he dicho; no quiero nada de ti.

–No te creo.

Casey respiró profundamente y deseó no haberle hablado nunca sobre Mia.

–Puedes pensar lo que quieras, no puedo evitarlo. Pero lo que sí que puedo hacer es marcharme. Esta conversación se ha terminado.

Entonces se dio la vuelta hacia su hija, desabrochó los cinturones de seguridad de la sillita para niños que había estado utilizando, la tomó en brazos y se levantó. Sentir la calidez de Mia sobre ella fue como un bálsamo tranquilizador ante el enfado que sentía por dentro. No importaba lo que Jackson King pensara o hiciera, ella había hecho lo correcto y podía olvidarse de él.

Entonces lo miró… y lo hizo con la pena reflejada en los ojos, ya que él no podía ni imaginarse lo que se estaba perdiendo. No conocía a la niña que había ayudado a crear.

–Pensé que tenías derecho a saber que habías ayudado a que la vida de esta preciosa niña fuera posible, tanto si fue hecho por voluntad propia como si no –dijo, indignada–. Pero ahora me doy cuenta de que fue un error. No te preocupes, Jackson, Mia jamás sabrá la poca consideración que su padre sintió por ella.

–¿Es eso cierto? –quiso saber él, sonriendo a Casey. Pensó que la indignación de ella era parte de su actuación–. ¿Qué le dirás de mí?

–Le diré que estás muerto –contestó Casey en voz baja–. Porque, en lo que a mí respecta, lo estás.

Capítulo Cuatro

Jackson tenía que reconocer que Casey se movía rápidamente.

Pero también era cierto que la impresión le había debilitado levemente.

Iba detrás de ella, embargado por miles de emociones. Ni siquiera podía creer lo que estaba ocurriendo. Con treinta y un años se había convertido en padre. Era padre de una pequeña que tenía casi un año y de la que no había sabido absolutamente nada con anterioridad. ¿Qué se suponía que debía hacer un hombre con una información como aquélla?

Miró a Casey, que iba andando con mucha prisa por el aparcamiento y, aunque estaba muy enfadado, no pudo evitar admirar su físico. Los pantalones vaqueros que llevaba le quedaban como una segunda piel e, instantáneamente, la lujuria se apoderó de él.

Cuando ella llegó a su coche y sentó a la pequeña en su sillita de seguridad para vehículos, las alcanzó.

–No puedes decirme lo que me has dicho y simplemente marcharte.

Casey giró la cabeza y le dirigió una dura mirada.

–Obsérvame –dijo entre dientes.

Él miró a la pequeñina, la cual los estaba mirando a ambos con sus enormes ojos marrones. Tras haber estado alrededor de sus sobrinas durantes meses, reconoció la expresión de la cara de su hija. La niña parecía confundida y estaba a punto de llorar. Y eso no era lo que él quería. Así que trató de sonreír y habló en voz baja.

–Mira, me has sorprendido, me has engañado. Y creo que lo sabes.

Casey no le estaba prestando la menor atención, ya que estaba luchando con las correas del cinturón de seguridad de la sillita de Mia.

–Estas cosas siempre me ponen enferma –dijo.

Pero Jackson no quería hablar de la sillita del coche. Impaciente, agarró a Casey del brazo, ignoró la chispeante sensación que ello le causó, y la echó para atrás.

–Permíteme que lo haga yo.

Casey se rió ante aquello.

–¿Qué sabrás tú de sillitas de coche para bebés?

–Tengo dos sobrinas –contestó él sin molestarse en mirarla.

En pocos segundos le abrochó el cinturón a la pequeña. Miró a su hija y trató de asimilar ese simple hecho. Pero no funcionó. Aun así, le acarició la mejilla a la pequeña y como respuesta la niña se rió tontamente. Sintió que una sensación que le era completamente extraña se apoderaba de su corazón al mirarla a los ojos, unos ojos tan parecidos a los suyos.

Cuando salió del vehículo, todavía estaba sonriendo... hasta que se encontró con la exaltación que reflejaba la mirada de Casey.

–Gracias –se apresuró a decir ella, pasando por su lado para cerrar la puerta del coche. Dio la vuelta para dirigirse al asiento del conductor, del cual abrió la puerta.

Jackson la siguió y, antes de que ella pudiera montarse en el vehículo y escaparse de él, la volvió a agarrar del brazo.

–Espera un maldito segundo, ¿te importa?

Casey tiró de su brazo y Jackson la soltó. Éste se pasó una mano por el pelo y respiró profundamente.

–No sé qué quieres de mí –continuó.

–Nada –contestó ella, que parecía cansada–. Ya te lo he dicho. Ahora tengo que marcharme.

Él cerró la puerta del vehículo con una mano y miró a Casey directamente a los ojos.

–Sabías lo del bebé…

–Mia…

–… Mia –corrigió entonces Jackson– desde hace casi dos años. Yo me he enterado hace… –añadió, mirando su reloj– diez minutos. Quizá podrías ser un poco más considerada conmigo, ¿no te parece? No todos los días los hombres se enteran de que son padres mientras están sentados en una cafetería en la que huele a carne barata.

Casey esbozó una breve sonrisa que desapareció de sus labios al instante.

–Está bien –dijo, esforzándose por ser razonable–. Necesitas tiempo. Tómate todo el que quieras. Tómate toda una eternidad si es eso lo que necesitas –añadió, mirándolo fijamente a los ojos–. Mientras tú te acostumbras a la idea, Mia y yo volveremos a nuestras vidas.

–¿Así de sencillo?

Casey asintió con la cabeza.

–Así de sencillo. Tenías que saberlo y ahora ya lo sabes. Eso es todo.

Jackson miró a través de la ventanilla del coche al asiento trasero. No podía ver la cara de Mia, pero no tenía que hacerlo. Tenía la imagen grabada en la memoria. Dudaba que fuera a ser capaz de olvidar la primera vez que la había visto.

Le acababa de ocurrir algo trascendental y no podía aclararse las ideas allí de pie. Así que iba a permitir que Casey se marchara. Iba a dejar que se llevara a su hija.

Por el momento.

Ella se iba a enterar en poco tiempo de que él era un hombre al cual no se podía despreciar tan fácilmente.

–Está bien. Lleva a Mia a casa –concedió, apartándose del coche y permitiendo que ella abriera la puerta.

Casey colocó su bolso en el asiento del acompañante, puso las manos sobre la parte de arriba de la puerta del vehículo y lo miró. Sus ojos azules estaban ensombrecidos debido a la tenue luz que había en aquel lugar.

–Supongo que esto es una despedida –dijo, esbozando una leve sonrisa–. No creo que nos volvamos a ver jamás, así que te deseo que tengas una buena vida, Jackson.

Él observó cómo se alejaba ella y se aprendió de memoria la matrícula de su vehículo. Mientras se dirigía a su coche ya comenzó a hacer planes...

***

–Fue estupendo –mintió Casey mientras hablaba por teléfono desde su cocina. Abrió la puerta de la nevera, sacó una botella de vino y tomó un vaso–. Vio a Mia, hablamos, luego nosotras vinimos a casa y él fue… a donde quiera que vayan los hombres como él.

Mia estaba profundamente dormida en su habitación y la casa estaba silenciosa, pero Casey todavía se sentía muy nerviosa. Volver a ver a Jackson había sido muy duro. No había esperado que la química sexual que había entre ellos fuera a ser tan fuerte como la primera noche, pero así había sido. Ver cómo había mirado a Mia y cómo se había percatado de la verdad la había impresionado. Había parecido aturdido, pero había habido algo más… la mirada de un hombre que había vislumbrado algo que jamás había esperado encontrar. Había sido como si se hubiera tropezado con un tesoro… para después volver a tener una mirada fría y calculadora.

Y eso la preocupaba un poco.

Después de todo, tal y como había señalado Dani, la familia King era muy poderosa en California. Se preguntó qué ocurriría si él decidía quitarle a Mia. Pero se dijo a sí misma que eso no podía ser. Él había firmado un documento en el que donaba su esperma y renunciaba a todos sus derechos sobre su hijo. Aunque dado el poder que tenía su familia seguramente podía invalidar dicho documento.

–Uh, uh –dijo Dani–. Tu voz refleja toda clase de buenos sentimientos y felicidad.

–Está bien –admitió ella–. No hay felicidad. Debería haber sabido que no te iba a poder engañar –añadió, sirviéndose vino.

En ese momento miró la botella y vio la etiqueta. *Viñedos King*. ¡Perfecto! Incluso sin que él estuviera allí, todo le recordaba a Jackson. Claro que, en realidad no necesitaba recordatorios.

Casi podía sentirlo allí mismo. La presencia y fortaleza de aquel hombre eran impactantes y perduraban en la memoria. Por lo menos en la de ella.

–No fue estupendo ni fácil. Él se quedó asombrado y no de buena manera –continuó, asintiendo con la cabeza–. Pero las cosas terminaron bien. Regresé a casa con Mia y Jackson se marchó por su lado.

–¿Para siempre? –preguntó Dani.

–Espero que sí –admitió Casey–. Dijo que necesitaba tiempo para pensar. Yo le dije que no queremos nada de él, pero no estoy segura de que me haya oído. De todas maneras, yo ya he cumplido mi misión. Le he dicho que voy a volver a mi vida normal y que voy a olvidarme de todo esto.

–¿Realmente crees que va a ser tan fácil? –quiso saber Dani, tapando parcialmente el auricular a continuación–. Mikey, no le pases el tren a tu hermana por la cabeza... Eso es, buen chico.

Casey sonrió.

–¿Tienes problemas?

–Buen cambio de tema –comentó Dani, sonriendo–. Y la respuesta es que sí. No me malinterpretes, quiero a mi marido, pero cuando Mike se encarga de las cosas, los niños se apoderan de la casa. Cuando es mi turno, paso la mayor parte del tiempo controlando los daños.

El esposo de Dani, Mike, inspector de policía de Darby, trabajaba por las noches, mientras que Dani lo hacía por el día. De esa manera, siempre había uno de ellos con los niños. Pero Dani se quejaba de que hacía tanto que no practicaban el sexo que ya casi ni se acordaba de cómo era.

Por el contrario, los recuerdos de Casey sobre el sexo eran muy claros...

–No sé cómo puedes ocuparte tú sola de Mia –dijo Dani–. Mike y yo tenemos turnos separados, pero siempre sabemos que hay alguien ahí para nosotros, alguien a quien acudir.

Casey sonrió con una cierta nostalgia. Ella había sabido que su hija y ella iban a estar solas. Y era algo que la mayor parte del tiempo no le molestaba.

–No conozco otra situación –admitió, poniendo de nuevo la botella de vino en la nevera–. Cuando decidí quedarme embarazada, sabía que lo iba a hacer sola. Sé que no tengo a nadie que me ayude, pero tampoco tengo que compartir a mi hija con ninguna otra persona.

–No sólo se comparte lo malo, Casey –comentó Dani–. Es agradable tener a alguien al que poder acudir y decirle «oye, ¿has visto eso? ¿No es maravilloso nuestro hijo?».

–Te tengo a ti para telefonearte y alardear de mi niña –contestó Casey, levantando la barbilla–. Además, Mia y yo nos las apañamos muy bien juntas.

–Os quiero a Mia y a ti con locura, lo sabes. Y nadie está diciendo que no lo haces bien tú sola.

–¿Pero...?

–Está bien –concedió su amiga–. Pero creo que estás siendo poco razonable si piensas que Jackson King va a desaparecer simplemente porque tú quieres que lo haga.

Casey sintió que se le encogía el estómago y bebió un poco de vino. No quería creer a su amiga, pero ¿no había estado pensando ella lo mismo minutos antes, mientras bañaba a Mia y la acostaba?

Jackson era miembro de una familia muy poderosa. Si decidía ponerle las cosas difíciles, así lo haría. Empezó a desear no haberle dicho nada a aquel hombre.

Entonces se sentó a la mesa de la cocina, miró por la ventana y vio el diminuto patio trasero de su casa. Trató con todas sus fuerzas de controlar su pánico.

–¿Por qué iba a volver él? –preguntó–. No desea tener un bebé. Su estilo de vida es hedonista. Hace lo que quiere cuando quiere. Tiene una casa en la que apenas está ya que sus negocios le exigen que viaje alrededor del mundo constantemente y no es precisamente un amante de los compromisos.

–Ése es el asunto, cariño –dijo Dani con dulzura–. Nunca antes ha tenido una razón para comprometerse con algo, ¿no es así?

–No, no la ha tenido –Casey dejó el vaso de vino sobre la mesa–. Y, al decirle la verdad, le he dado una razón, ¿no es cierto?

***

A la mañana siguiente, Jackson fue al rancho de la familia King, ya que había convocado una reunión de urgencia. Se sintió agradecido de que ninguno de sus hermanos hubiera llevado a sus esposas.

–¿Viste los resultados de las pruebas de ADN? –preguntó Adam.

Jackson dejó de dar vueltas por la elegante sala en la que estaban reunidos y miró fijamente a su hermano mayor.

–No, no lo hice.

–Bueno… ¿por qué demonios no lo hiciste? –exigió saber Travis, que estaba sentado en un sofá.

–Estaba un poco impresionado, ¿comprendéis? –contestó Jackson–. Enterarte de repente de que tienes una hija de la que ni siquiera sospechabas su existencia es más sorprendente de lo que podáis imaginaros. Además, no necesito ver los resultados. Sabréis a lo que me refiero cuando veáis a Mia. Es igualita que Emma y Katie. Es más guapa, claro está… ¡pero qué voy a decir yo si soy el padre!

Adam se rió y agitó la cabeza.

–Te estás tomando esto mejor de lo que pensé que harías.

–Deberías haberme visto anoche –dijo Jackson, que se había pasado la noche rondando por la casa, curiosamente, sin ganas de salir.

Había tratado de imaginarse el sonido de la risa de un niño en aquella enorme casa, pero no había sido capaz de hacerlo. En realidad, no había sabido si había querido hacerlo. Pero incluso mientras se decía aquello a sí mismo se había dado cuenta de que una parte de él ya estaba haciendo un hueco en su vida para su hija.

–¿Qué es lo que quiere esa mujer? –preguntó Adam.

–Ella dice que nada.

–Bien –terció Travis, respirando profundamente.

Jackson se acercó para mirar a sus dos hermanos.

–Mirad, ella simplemente descubrió que soy el padre de la niña. Ya os he dicho que fue a aquel banco de esperma y…

–Y no me puedo creer que hicieras algo así –lo interrumpió Adam.

–Ése no es el asunto –dijo Jackson, negándose a hablar de sus errores pasados.

–Tiene razón –comentó Travis–. Cómo ocurriera da igual, lo que importa es lo que viene a continuación.

–¿Qué quieres que pase a continuación? –quiso saber Adam.

Pero Jackson no tenía respuesta para aquella pregunta. No estaba preparado para aquello. Jamás había pensado que le podía ocurrir algo así. Pero no tenía más remedio que enfrentarse a los hechos y decidir cómo seguir adelante.

Imágenes de Casey y Mia se apoderaron de su mente. Era padre…

Y no sabía qué demonios hacer.

–¿Jackson?

Aturdido, Jackson miró a Adam y le habló en voz baja.

–Esa pequeña es mi hija y no voy a permitir que me aparten de ella. Casey va a tener que enfrentarse a esa realidad. Mia es una King y va a crecer sabiendo lo que eso significa.

Adam y Travis se miraron entre sí y asintieron con la cabeza.

–Desde luego que lo es –concedió Adam.

–Es un miembro de nuestra familia –añadió Travis.

–A su madre no le va a gustar –les informó Jackson.

–Tendrás que encontrar una manera de arreglar esta situación.

–Puedo hacerlo –aseguró Jackson, aunque interiormente era consciente de que no iba a ser fácil tratar con una mujer tan testaruda como Casey.

–También tenemos que recordar otra cosa –indicó Travis un momento después–. Tienes que considerar que también está Marian.

–Marian –susurró Jackson, percatándose de que no se había acordado de ella desde la noche anterior.

Decidió que no importaba ya que Marian y él tuvieran un acuerdo de negocios. No era como si la suya fuera una bonita historia de amor. Le explicaría lo que había ocurrido y le informaría de que el compromiso debería retrasarse.

–Ella lo comprenderá.

–¿Qué te hace pensar eso? –preguntó Adam.

–El hecho de que ella quiere que esta unión se lleve a cabo, así como también lo quiere su padre –respondió Jackson–. Tener Aviones King vinculado a los aeródromos de la familia Cornice les dará una buena publicidad y ellos lo saben. Nuestra presencia les hará tener más negocios.

–Aun así, a Marian no le va a agradar enterarse de lo del bebé –dijo Travis.

–Pues va a tener que soportarlo –declaró Jackson–. Le explicaré que me acabo de enterar de que tengo una hija.

El silencio fue la respuesta que obtuvo.

–Tengo una hija –repitió.

–Sé cómo te sientes –comentó Travis, riéndose–. ¿Extraño, verdad?

Jackson pensó que sí, que se sentía extraño, y repitió para sí la palabra «hija». Una parte de él se estremeció.

Impresionado, se dio cuenta de que jamás hubiera pensado que se iba a sentir de aquella manera, pero al saber de la existencia de Mia quería conocerla y deseaba que ella lo conociera a él.

Sintió algo dentro de sí, algo que ya estaba echando raíces, algo que estaba floreciendo a pesar de la extraña situación que estaba viviendo.

Sus dos hermanos lo miraron con la comprensión reflejada en la cara y él agradeció saber que no estaba solo en aquello.

–Parece que los hermanos King van a tener sólo chicas en esta generación –reflexionó Travis.

–Dame una casa llena de niñas como Emma y seré feliz –dijo Adam, frunciendo el ceño a continuación–. Hasta que lleguen los muchachos a pretenderlas.

–Todavía no nos tenemos que preocupar por eso –comentó Travis.

Jackson palideció levemente. Pensó que ser padre se estaba complicando cada vez más.

A la mañana siguiente, mientras Mia estaba divirtiéndose en su tacatá y se reía constantemente, Casey estaba trabajando con su ordenador.

Trabajaba desde casa con un negocio que había creado ella misma, Papyrus, negocio que había comenzado a marcharle muy bien recientemente. Diseñaba y realizaba folletos exclusivos, tarjetas de regalo e invitaciones de bodas o cumpleaños. Tenía una pequeña pero selecta clientela que iba creciendo de manera constante.

Ella decidía su propio horario y así tenía mucho tiempo para dedicarle a su hija. Era la mejor situación posible en la que se podía encontrar.

Cuando la noche anterior había hablado con Dani, se había convencido aún más de que no debía preocuparse por Jackson King. Su amiga pensaba que él aparecería en su vida, pero Casey estaba segura de que estaba equivocada al respecto. Jackson no era la clase de hombre al que le interesaría una hija que ni siquiera había decidido crear. Mia no encajaba en su estilo de vida, cosa que Casey agradecía mucho.

Sin duda, él estaría en uno de sus lujosos aviones privados dirigiéndose a París, a Londres, o…

–¿Cómo será una vida así? –susurró, echándose para atrás en la silla de su escritorio y mirando a su hija, que estaba al otro lado de la habitación.

Mia balbuceó, agitó las manos y lanzó accidentalmente su peluche al suelo. Antes de que comenzara a llorar, Casey se levantó de su silla, agarró el osito de peluche y, arrodillándose delante de su hija, se lo dio. A continuación le besó la frente.

A Mia le encantaba tener toda la atención de su madre, por lo que comenzó a dar saltitos en su tacatá y balbuceó emocionada.

–¿Qué haría yo sin ti? –preguntó Casey, sintiéndose invadida por el amor. Tomó a su pequeña en brazos y la abrazó. Hundió la cabeza en su cuello para oler su dulce fragancia.

Entonces la apartó un poco para poder mirarla.

–Debería haberle dado las gracias a tu papi. Tanto si es consciente como si no, me dio el mayor de los regalos.

En ese momento llamaron a la puerta de la casa y, sin soltar a su hija, se dirigió a ver quién era. Cuando llegó a la puerta miró por la mirilla...

Jackson.

Él tenía un aspecto diferente al que había tenido el día anterior. Iba vestido con pantalones vaqueros y una camiseta negra ajustada. Grabada en el bolsillo del lado izquierdo superior de la camiseta había una corona dorada con la inscripción *Aviones King*. Tenía un aspecto más asequible y, por lo tanto... más peligroso.

A Casey se le aceleró el corazón y se le secó la boca. Se preguntó qué estaba haciendo él allí y cómo la había encontrado.

–¿Cómo? –preguntó, susurrando. A continuación se respondió a sí misma–. Tú misma le dijiste tu nombre y dónde vivías. ¡Claro que te ha encontrado, idiota!

El timbre de la puerta volvió a sonar y Mia chilló.

–Shh... –Casey se estremeció y acunó a su hija con la esperanza de que mantuviera silencio.

–Puedo oír a la niña –dijo Jackson en voz alta.

Casey se estremeció de nuevo y trató de decirse a sí misma que era por miedo. Pero ni siquiera ella misma se lo creía. Su cuerpo, a pesar de lo que su mente hubiera preferido, estaba reaccionando ante aquel hombre de la misma manera en la que lo había hecho la primera noche que se habían visto.

–Abre la puerta, Casey –exigió él.

–¿Por qué? –preguntó ella una vez se percató de que era inútil fingir que no estaba en casa.

–Quiero hablar contigo.

–Anoche ya nos dijimos todo lo que había que decir.

–Quizá tú lo hicieras –reconoció Jackson–. Pero yo ni siquiera he empezado.

Casey se atrevió a mirar de nuevo por la mirilla y en aquella ocasión se encontró con la fija mirada de él. Jackson estaba mirando por el otro lado de la mirilla como si él también pudiera verla a ella.

Sus ojos marrones oscuros reflejaban una gran determinación y Casey supo que no se iba a marchar hasta que no lo escuchara. Él quería hablar. Muy bien. Iba a permitir que lo hiciera y después ambos podían seguir cada uno su camino.

–Tu papi es terriblemente prepotente –susurró mientras abría la puerta.

–Eso también lo he oído –dijo Jackson mientras le dirigía una fría mirada. Luego entró en la casa.

Casey cerró la puerta tras ellos y se dio la vuelta para mirarlo. Ver a Jackson King en medio de su salón hizo que su casa pareciera pequeña.

Era cierto que su vivienda no era muy grande, pero siempre le había parecido suficiente para Mia y para ella. Pero en aquel momento, con la fuerza de la presencia de Jackson, las paredes parecían haberse encogido.

Él la estaba mirando a los ojos y ella sintió que el calor de aquella mirada le quemaba por dentro. Jackson tenía el pelo alborotado por el viento, la mandíbula tensa y, cuando se cruzó de brazos, Casey sintió cómo algo innegable le ardía por dentro.

Se preguntó cómo podía seguir reaccionando sexualmente ante un hombre al cual debía evitar y cómo iba a lograr que él no se percatara de ello.

–No esperaba volver a verte –dijo, pasando junto a él. Como tuvo que hacerlo de lado, sus pechos rozaron los pectorales de él.

No estaba muy segura, pero le pareció que Jackson se había acercado aún más a ella.

–Eso prueba que no me conoces tan bien como crees –contestó él.

Casey sintió que la excitación le recorría la espina dorsal y maldijo para sí misma.

Decidida a que no se notara lo afectada que estaba ante aquella visita inesperada, se dirigió a una silla que había junto al parque de Mia. Una vez se sentó, colocó a su hija en su regazo y miró a Jackson. Parecía que era muy alto y pensó que no lo recordaba así, tan intimidante.

Él miró a su alrededor y vio un cojín en el que sentarse. Le dio un empujón con la punta de una de las botas de vaquero que llevaba puestas y, cuando lo colocó delante de ella, se sentó en él. Entonces la miró fijamente y Casey tuvo que contener el aliento antes de hablar.

–¿Por qué has venido aquí, Jackson?

–Para hablar.

–¿De qué?

–De Mia.

Casey se puso tensa.

–Sé que ninguno de nosotros estaba esperando esto –continuó él.

Casey asintió con la cabeza y sintió tal opresión en la garganta que dudó que fuera a ser capaz de emitir una sola palabra. Se preguntó por qué habría tenido Jackson que sentarse tan cerca de ella y por qué olía tan bien. Aquel hombre tenía una voz que le hacía pensar en noches ardientes y sábanas de seda.

–Así que… –comenzó a decir él– como nos encontramos en una situación excepcional, tengo una solución excepcional.

Casey carraspeó para poder intentar hablar.

–No me había dado cuenta de que necesitábamos ninguna «solución».

–En eso te equivocaste –contestó él, esbozando una leve sonrisa.

–Jackson…

–Llevas viviendo aquí tres años, ¿no es así?

Aquello desconcertó tanto a Casey que lo único que logró al principio fue parpadear.

–¿Cómo sabes eso?

–Estás de alquiler.

–¿Me has estado investigando o algo parecido? –preguntó ella, levantando la barbilla.

–¿Por qué no iba a hacerlo? Apareciste diciendo que soy el padre de tu hija y tiene sentido que haya comprobado algunas cosas sobre ti.

–No me lo puedo creer –contestó Casey, nerviosa. Repentinamente sintió como si no pudiera respirar con normalidad. Se sintió atrapada en la pequeña casa que siempre había querido tanto.

–Como estás de alquiler, hará que todo sea mucho más fácil –afirmó un pensativo Jackson, asintiendo con la cabeza y mirando a su alrededor.

Casey se dijo a sí misma que sabía lo que estaba pensando él. Jackson tenía muchísimo dinero. Poseía una mansión que extrañamente utilizaba y mantenía suites de hotel preparadas para él... solamente «por si acaso». No tenía idea de cómo era la vida para la gente corriente y estaba segura de que despreciaba la casa que ella había convertido en un hogar para su hija y para ella.

Pero no tenía que avergonzarse de nada. La casa era pequeña, pero estaba limpia y bien arreglada. Y si él había investigado su pasado, habría descubierto que ella era una persona sincera, honesta, que pagaba sus facturas a tiempo y que era completamente capaz de cuidar de su pequeña.

Pero Jackson podía pensar lo que quisiera, ya que a ella no le importaba.

–Eso hará que esto sea más fácil –continuó él.

–¿El qué?

–Quiero que Mia y tú os vengáis a vivir conmigo.

Capítulo Cinco

–¡Estás loco!

–Puede ser. ¿Sabes una cosa...? –dijo Jackson, observando la impresión que reflejaban las facciones de ella–. Tus ojos cambian de color dependiendo del estado de ánimo en el que estés.

–¿Cómo? –preguntó Casey.

–Tus ojos –respondió él–. Normalmente son de un azul muy claro. Pero cuando te enfadas, como ahora, o cuando estuve dentro de ti... ese azul pálido se convierte en un azul oscuro y profundo.

Casey se retorció en la silla. Bien. Jackson quería que aquello ocurriera, quería que estuviera inquieta ya que él mismo lo estaba. Se sentía desasosegado desde el momento en el que la había visto aquella noche en el bar del hotel. Y parecía justo devolverle el favor.

Desde que se había reunido con sus hermanos el día anterior parecía estar revolucionado. Pero si había una cosa que reconocer acerca de los King, era que sabían cómo arreglar rápidamente los problemas.

Había telefoneado a los abogados de la familia y en pocas horas éstos no sólo habían contratado a varios empleados para trabajar en su casa, así como habían adquirido todos los muebles que un niño necesitaba, sino que le habían informado de todo lo que había que saber de Casey Davis. No estaba seguro de cómo lo había logrado el bufete de abogados, pero se imaginaba que tenían contratada a gente que podía lograr milagros cuando era necesario.

Pero en todo en lo que podía pensar en aquel momento era en que deseaba tocar a Casey de nuevo, deseaba sentir su entusiasta respuesta, su respiración en el cuello... deseaba ahogarse en el calor de su cuerpo.

Agitó la cabeza para tratar de apartar de su mente las eróticas imágenes que se habían apoderado de él y así poder concentrarse en el problema que tenían entre manos.

–No puedes estar hablando en serio cuando dices que quieres que nos mudemos contigo –dijo Casey, abrazando a Mia con tanta fuerza que la pequeña, incómoda, se retorció en su regazo.

Jackson había esperado aquella reacción. Y si tenía que ser sincero consigo mismo, debía admitir que era una locura. Se suponía que él estaba a punto de comprometerse y después casarse con una mujer que desconocía la existencia de Mia y de Casey. Y la verdad era que no había ido allí con la idea de llevarlas a vivir a su casa. Había ido allí para exigir pasar tiempo con su hija, pero al ver el diminuto lugar donde vivía su pequeña se había convencido de que ésta se merecía algo mejor.

Y lo iba a tener.

Tendría que hablar con Marian y explicarle que necesitaba más tiempo. No podía casarse, ni siquiera por razones financieras, hasta que no hubiera arreglado el resto de su vida.

–En mi casa hay mucho espacio. He preparado unas habitaciones para la niña y, si lo necesitas, tendrás toda la ayuda que requieras.

–No la necesito.

–Eso has dicho repetidas veces. Pero yo he estado pensando mucho sobre esto –insistió él.

–¿Y esto es tu plan?

–Efectivamente –contestó Jackson, levantándose del cojín, ya que estaba demasiado cerca de Casey.

La fragancia de ella le perseguía, la curva de sus pechos le tentaba y su boca le suplicaba que la besara.

Pero aquél no era el motivo de que estuviera allí. Aquello no versaba sobre Casey y él. Versaba sobre su hija.

–Mira... –comenzó a decir, apoyando la mano en el parque de Mia– quizá nunca hubiera planeado ser padre, pero ahora lo soy y eso cambia las cosas.

Casey levantó la barbilla, frunció el ceño y de nuevo abrazó estrechamente a Mia.

–No veo por qué.

–Ya sé que no lo ves –contestó él, riéndose.

–Sé lo que estás haciendo... –dijo ella, respirando profundamente.

–¿Sí? –la desafió Jackson, cruzando los brazos sobre el pecho y mirándola.

–Los hombres como tú...

–¿Como yo?

–Los tipos que siempre mandan en todo –explicó Casey.

–Ah...

–Los hombres como tú ven una situación como ésta y enseguida comienzan a dar órdenes para cambiarlo todo. Por alguna razón has decidido que Mia y yo somos asunto tuyo, pero en realidad no lo somos.

–No estoy de acuerdo contigo –respondió él, mirando a su hija y después a Casey.

–No sé cómo decirte esto para que me entiendas; no nos debes nada. No quiero tu dinero ni necesito tu ayuda.

Mirando a su alrededor, Jackson pensó que aquello no era cierto.

–Vamos a ceñirnos al asunto, ¿te parece? –preguntó, tenso.

Casey se levantó y él admiró silenciosamente el movimiento.

–Está bien –concedió ella.

–No quiero que mi hija viva aquí.

Casey, que sintió como si él le hubiera dado una bofetada, contuvo la respiración.

–No hay ningún problema con nuestra casa –dijo.

–No está en uno de los mejores barrios –aseguró él.

–Estamos muy seguras.

–Mi hija se merece algo más que esto.

–Mi hija está muy contenta aquí.

Jackson sabía que aquella pequeña batalla verbal podía continuar durante horas, por lo que decidió terminarla en aquel momento. Se acercó a Casey, la miró profundamente a los ojos y se embriagó de su perfume a lavanda.

–Podemos hacer esto de dos maneras. A; Mia y

tú os venís a vivir conmigo durante, no sé, digamos seis meses. De esa manera yo conozco a mi hija y, cuando pase el periodo de tiempo acordado, te compro una casa donde tú quieras.

–No quiero...

–O... B –la interrumpió Jackson–. Tú insistes en quedarte aquí y yo telefoneo a los abogados de la familia. En pocas horas te informarán de que solicito la custodia compartida. Y si piensas que no puedo... recuerda que fuiste tú la que te pusiste en contacto conmigo. Tú rompiste la cláusula de anonimato.

A Casey se le pusieron los ojos como platos. Parecía un animal atrapado en busca de una salida a una situación peligrosa. Pero no había escapatoria y Jackson lo sabía. La tenía bien atrapada.

–Tú... ¿por qué ibas a...?

–Yo no soy el tipo malo –dijo él–. Recuerda que me acabo de enterar de la existencia de Mia y quiero conocer a mi hija. ¿Realmente te parece eso tan poco razonable?

–No, pero que esperes que cambiemos toda nuestra vida lo es.

–Tú eliges.

–No hay mucho donde elegir –comentó Casey, agitando la cabeza y mirándolo con lágrimas en los ojos.

Al ver que ella estaba a punto de llorar, Jackson se quedó un poco desconcertado. Odiaba cuando las mujeres lloraban ya que siempre le hacía sentirse impotente... y aquél no era un sentimiento con el que él estuviera cómodo.

–Eres un acosador –susurró ella, conteniendo el llanto.

–¿Perdona?

–Ya me has oído. Eres un acosador. Eres rico y poderoso y piensas que simplemente puedes llegar a cualquier lugar y tomar lo que quieras.

Él estuvo pensando en aquello durante un rato mientras miraba el seductor cuerpo de Casey.

–Cuando quiero algo con todas mis fuerzas, sí.

Ella respiró profundamente y abrazó a su hija incluso más estrechamente que con anterioridad.

–Está bien –concedió, levantando la barbilla–. Has ganado esta batalla. Iremos a vivir a tu casa por seis meses. Conocerás a tu hija y entonces nos marcharemos.

–Una elección inteligente.

–Pero quiero que sepas una cosa –continuó Casey–. Tus tácticas no funcionarán en todo. A mí no me puedes tener. No se volverá a repetir lo que ocurrió entre nosotros aquella primera noche que nos vimos, ¿comprendes?

Jackson sintió cómo su cuerpo estaba tenso y preparado… La deseaba incluso más de lo que lo había hecho cuando había entrado por la puerta de aquella casa. Pero sabía que no debía e iba a hacer todo lo que pudiera para ignorar el intenso deseo que se apoderaba de él cada vez que la miraba. Tenía planes para su vida, planes que no incluían a Casey Davis por muy atrayente que fuera.

Así que sonrió y la miró a los ojos.

–Nada de esto versa sobre ti, Casey. Es sobre mi hija.

***

Los encargados de la mudanza llegaron al sábado siguiente. Casey se sentó en una silla junto a Dani en el patio delantero y ambas observaron cómo los niños se revolcaban sobre una manta que habían colocado bajo la sombra de un gran árbol. Sorprendentemente, un niño de tres años y dos pequeñinas de apenas uno podían hacer bastante ruido.

–Sé que no quieres oír esto –dijo Dani mientras observaban cómo dos de los muchachos de la mudanza sacaban cajas de la casa–, pero a Mike le alegra que te vayas a mudar.

–¿Qué? –preguntó Casey, mirando a su amiga y quitándole un palo a su hija de la mano a continuación–. Pensaba que le caía bien a tu marido.

–Pues claro que le caes bien –contestó su amiga–. Pero es policía y me ha dicho que este barrio no es muy seguro para que vivan solas una madre soltera y un bebé.

Casey frunció el ceño. Era cierto que aquélla no era una zona lujosa, pero la mayoría de las casas estaban bien conservadas y los quinceañeros que vivían allí no causaban muchos problemas. Sólo le habían hecho pintadas en el garaje en una ocasión.

–Nunca me dijo nada...

–No quería que te asustaras ni nada parecido –respondió Dani, defendiendo a su marido, del que estaba perdidamente enamorada–. Pero siempre hace patrulla por la noche en tu vecindario para echar un vistazo.

Casey suspiró. Mike era un hombre tan agradable... no como otros a los que podía nombrar. Mike no trataba de imponer su punto de vista ni de manipular la vida de la gente... sino que había hecho lo que había podido para mantenerla segura.

Se preguntó por qué Jackson no podía ser igual.

–Así que no me sorprende que tu Jackson quisiera que te mudaras –dijo su amiga.

–¡No es mi Jackson, por el amor de Dios! –se apresuró a negar Casey, frunciendo el ceño al sentir cómo le daba un vuelco el estómago con sólo oír aquel nombre–. Y a él no le interesa mi seguridad, créeme. Simplemente quiere a Mia.

–Es su hija.

Casey le dirigió a Dani una fría mirada.

–Traidora.

Dani se rió y tomó en brazos a su pequeña. A continuación la sentó en su regazo para quitarle una hoja de la boca.

–Sólo estoy diciendo que hay peores cosas en la vida que, por ejemplo, que un atractivo millonario te lleve a vivir a su estupenda mansión.

Casey pensó que si lo veía de esa manera parecía algo sacado de una película romántica. Casi como Cenicienta. Una chica pobre, pero decente, conoce a un príncipe guapo y rico con el que encuentra el amor. Pero en realidad lo único que había entre Jackson y ella, aparte de una increíble química sexual, era Mia.

Él no era ningún príncipe. Ella lo veía más como a un villano.

–Me amenazó con llevarse a Mia.

–Si de verdad hubiera planeado hacerlo, lo podría haber hecho. Seguramente tiene a todo un equipo de abogados a su disposición. Pero en vez de haberlos utilizado lo único que quiere es conocer a su hija. No puedes culparlo por ello –comentó Dani.

–¿Por qué no? –preguntó Casey. Pero al ver la manera en la que su amiga la miró, se rió–. Está bien, lo sé; estoy reaccionando de forma exagerada.

–Un poco –concedió Dani–. Comprendo por qué, pero seguramente te hubieras puesto furiosa si el padre de Mia hubiera resultado ser un miserable que no quisiera tener nada que ver con ella.

–Tal vez… –respondió Casey, que si era sincera debía admitir que comprendía el interés de Jackson en su hija. Pero ello no implicaba que tuviera que gustarle.

–Casey, trata de no ver esto como una sentencia de cárcel. Míralo como si fueran unas mini vacaciones.

–¿Vacaciones?

–Pues claro. Él tiene una casa enorme, mucho espacio para que tú trabajes y Mia juegue. Y habrá alguien más en quien te puedas apoyar. No tendrás que hacerlo todo tú sola…

Pero a Casey le gustaba hacerlo todo sola. Estaba acostumbrada. Había decidido qué camino seguir, había construido su negocio y estaba criando a una niña preciosa. ¿Por qué tenía que buscar una ayuda que no necesitaba?

–¿Puedes imaginarte a Jackson King cambiando pañales? –le preguntó a su amiga.

Dani se encogió de hombros.

–Supongo que ya lo descubrirás por ti misma. Pero el asunto es que debes dejar de sabotear esta situación antes de que haya empezado siquiera. Umm… ¿no me dijiste que Jackson había preparado unas habitaciones para la niña?

–Sí –contestó Casey–. Y ha puesto mis cosas en un guardamuebles durante seis meses –añadió, resentida ante el hecho de que lo hubiera hecho sin consultarla.

Jackson simplemente le había informado de ello y cuando ella había tratado de protestar y de decirle que quería llevar sus cosas consigo, todo lo que había hecho él había sido ignorarla.

Casey se estremeció levemente y se preguntó si no estaría cometiendo un gran error. Quizá debería haberle plantado cara al padre de su hija e ir a los tribunales. Miró a Mia y el miedo se apoderó de su corazón.

–Puedo hacer esto, ¿verdad? –le preguntó a su amiga.

–Desde luego.

–Será bueno para Mia.

–Sí que lo será.

–¿Es demasiado tarde para escapar? –se planteó Casey en voz alta.

–Lo es si el que llevas en tu carruaje es el príncipe azul –contestó Dani, señalando el gran coche negro que había aparcado frente a la casa.

Casey no tuvo que ver al conductor para saber que era Jackson. Lo sabía porque su cuerpo había comenzado a alterarse y sintió cómo le daba vuelcos el estómago. Se preguntó cómo iba a sobrellevar seis meses viviendo en su casa...

Jackson abrió la puerta del vehículo y se bajó de él. Dani suspiró profundamente, cosa que no era difícil de comprender. Él iba vestido con pantalones negros, una camisa blanca de manga larga que llevaba remangada y unas gafas de sol que se quitó al acercarse a ellas. ¿El príncipe azul? Quizá. ¿Peligroso? Sin duda alguna.

–Recuerda... –dijo su amiga– vas a hacer que esto funcione.

Casey sintió la boca seca y asintió con la cabeza.

–Casey –saludó él, sonriendo.

Entonces miró a Mia e incluso Casey se percató de que la calidez se reflejaba en sus ojos marrones.

–Hola, Jackson –saludó ella a su vez cuando por fin logró articular palabra–. No tenías por qué haber venido, yo iba a ir a tu casa después.

–No hay problema –contestó él, sonriendo a Dani.

Casey no tuvo que ver la cara de su amiga para saber que Jackson se la estaba ganando. Aquel hombre tenía mucho carisma cuando quería.

–Jackson King –se presentó, tendiéndole la mano.

–Dani Sullivan –se presentó ella a su vez, estrechándole la mano. Entonces miró a Casey y levantó ambas cejas.

Casey la ignoró y se dirigió a Jackson.

–No puedo irme contigo y dejar aquí mi coche.

–No te preocupes por eso. Uno de mis muchachos lo llevará a casa más tarde.

–¿Uno de tus muchachos?

–Uno de mis empleados –corrigió Jackson–. Además, tu pequeño coche no es uno de los más seguros del mercado como para estar llevando un bebé en él.

Casey estaba asombrada.

–Desde luego que es seguro. Lo llevo a revisiones periódicas.

–Eso no es lo que he querido decir –dijo él, señalando con una mano el vehículo azul claro de ella–. Míralo, si tienes un accidente, sería como si fueras en monopatín.

Dani se estremeció y Casey se quedó mirando a Jackson.

–No tengo accidentes.

–No a propósito –concedió él–. Por eso se llaman «accidentes».

–En eso tiene razón –terció Dani.

Casey frunció el ceño ante su amiga y a continuación ante el padre de su hija.

–Mi coche se puede utilizar perfectamente.

–Uh, uh... tal vez así era hace poco –corrigió Jackson, dándose la vuelta y señalando el monstruo negro que él mismo había llevado consigo–. Ése es ahora tu coche.

–Yo... ¿mi... qué?

–Te he comprado un coche –dijo él con el mismo tono de voz que hubiera utilizado si le hubiera informado de que le había comprado un sándwich–. Ya le han instalado una estupenda sillita para bebés, así que está todo arreglado. Mucho más seguro para ti y para la niña.

Casey no era idiota. Sabía que seguramente él tenía razón y que aquel enorme coche negro era más seguro que el suyo. Después de todo, parecía tener el tamaño de un pequeño tanque. Pero no podía permitir que él estuviera manipulando su vida de aquella manera. Tenía que fijar un límite y lo mejor sería que lo hiciera en aquel mismo momento.

–Jackson, no puedes ir por ahí haciendo cosas

como ésta –dijo, mirando el coche negro y tratando de imaginarse a sí misma detrás del volante.

–¿Por qué no? Necesitabas un coche más seguro y yo te lo he conseguido.

Parecía que Jackson King no comprendía lo que estaba tratando de decirle Casey. No comprendía que no era la clase de mujer que se dejaba llevar por un tipo fuerte que pensaba que sabía lo que era mejor para ella. ¡Por el amor de Dios, era una persona adulta! Había estado decidiendo por ella misma durante la mayor parte de su vida.

Y en aquel momento, sólo porque había pensado que Jackson tenía derecho a conocer la existencia de Mia, estaba perdiendo el control sobre las cosas.

Pero ya no podía dar marcha atrás y Dani tenía razón; también hubiera estado furiosa si el padre de Mia no hubiera querido tener nada que ver con la pequeña. Por lo que el hecho de que Jackson estuviera tan decidido a ser parte de la vida de su hija decía algo sobre su carácter.

E incluso aunque a ella no le gustara, tener un padre sería bueno para Mia.

Pero tenía que hacerle entender que, aunque él fuera el padre de la pequeña, no tenía ningún control sobre ella. Así que lo intentó de nuevo. Habló despacio y claro.

–No necesito un nuevo...

–Está a tu nombre. Los papeles están en la guantera. ¿Por qué no conduces tú hasta mi casa y así te acostumbras a él? –sugirió Jackson, sonriendo y dirigiéndose hacia la vivienda–. Voy a comprobar que todo esté bien con los muchachos de la mudanza y que saben adónde tienen que llevar tus cosas.

–Ya se lo he dicho yo... –comenzó a decir Casey.

Pero Jackson no se quedó a escucharla y entró en la casa. Claramente no confiaba en que ella les hubiera dado las instrucciones correctas a los encargados de la mudanza.

–¿Has visto eso?

–Respira profundamente –contestó Dani, agarrando a Casey por el antebrazo–. Está bien, sé a lo que te refieres. Es un poco...

–¿Autoritario? ¿Mandón?

–Sí –concedió Dani, dándole unas palmaditas a su amiga para tranquilizarla–. Lo es, pero parece que tiene buenas intenciones.

–Es insoportable.

–Cariño, son sólo seis meses.

–Seis meses... –repitió Casey.

Se dio la vuelta para mirar la pequeña casita que había sido suya, la vivienda en la que Mia y ella habían construido tantos recuerdos. Sabía que estaba mirando a su pasado ya que, sin importar lo que ocurriera durante los siguientes seis meses, Mia y ella no regresarían a aquel lugar. Nada volvería a ser lo mismo. Jamás.

Cuando Jackson salió de la casa, se acercó a un extremo del porche y la miró. A pesar de la presencia de los muchachos de la mudanza, de Dani y de los niños, Casey sintió cómo el poder de la mirada de él la penetraba. Incluso desde aquella distancia, incluso rodeados de gente, la pasión se apoderó de su cuerpo. Bastaba sólo con una mirada de aquel hombre para que sintiera escalofríos.

Capítulo Seis

A través del monitor de la pequeña, Casey oyó que Mia gimoteaba mientras dormía, por lo que se bajó de su enorme y lujosa cama. Agarró su bata y se dirigió hacia la puerta de su habitación.

No le sorprendió que Mia estuviera despierta e inquieta. Habían visto a mucha gente extraña aquel día e incluso ella misma estaba teniendo problemas para conciliar el sueño en aquella casa.

Se dirigió a la habitación de la pequeña y pensó en la actitud de Jackson, el cual había dirigido toda la mudanza. Cuando habían llegado a su fabulosa mansión, a ella le había sorprendido todo lo que él había conseguido en una semana. No sólo era que su dormitorio fuera el más elegante y lujoso que jamás había visto, sino que las habitaciones de Mia eran parecidas a las que estaba acostumbrada a ver en las revistas de famosos.

En una de las paredes había un mural con pinturas de animales, un armario lleno de ropa, estanterías con muñecos de peluche y una cuna como para una princesa. Desde las ventanas se veían unas preciosas vistas del océano.

Ella nunca le podría haber dado a su hija nada parecido y, aunque apreciaba todo lo que había hecho Jackson para hacerle un hueco en su vida a la pequeña, no podía evitar sentir envidia.

Él estaba utilizando su dinero para recalcar las diferencias entre ellos y lo estaba haciendo muy bien.

Al llegar al dormitorio de Mia vio que la puerta estaba entreabierta, tal y como había insistido ella que se quedara. La niña ya había dejado de lloriquear, pero aun así quería asegurarse de que se hubiera vuelto a dormir. Escuchó unos susurros...

Curiosa, abrió la puerta con mucho cuidado para no hacer ruido y se detuvo en seco. La luz de la luna iluminaba la habitación y la lámpara que habían dejado encendida reflejaba estrellas en el techo.

Pero ella apenas se percató de nada de ello. Su mirada se centró en el hombre que había al lado de la cuna y que estaba sujetando a Mia contra su pecho.

–No llores más, Mia –murmuró él–. Aquí estás segura. Ésta es tu nueva casa...

A Casey le dio un vuelco el corazón al ver cómo él tranquilizaba a su hija. Era obvio que se había levantado de la cama para ir allí. Sólo llevaba puestos unos pantalones de pijama de seda, la piel de su pecho brillaba como bronce esculpido bajo la luz de la luna. Tenía la cabeza inclinada hacia Mia y ella pudo oír los dulces susurros que emitía al tratar de tranquilizar a la pequeña.

–Duérmete otra vez, bebita –dijo con un leve suspiro–. Sueña con el arco iris, cachorros, y largos días de verano. Tu papi está aquí y nada te hará daño...

Casey no podía apartar sus ojos de ellos. Había algo muy dulce en aquello. Oír la promesa de protección que Jackson le había hecho a su hija provocó que ella quisiera reír y llorar al mismo tiempo.

Él continuó acunando a la pequeña y Casey pudo oír el leve suspiro que ésta emitió. Las lágrimas ganaron la batalla y se le empañaron los ojos, por lo que se vio forzada a controlarse.

Como si hubiera sentido su presencia, Jackson se dio la vuelta y le sonrió.

–Yo también tengo un monitor en mi habitación.

Casey se acercó y acarició el pelo de la pequeña.

–Claro que sí.

Él frunció levemente el ceño.

–Soy su padre.

–Tienes razón –concedió ella, mirándolo a los ojos–. Simplemente estoy acostumbrada a ser la única que se levanta en medio de la noche.

La mirada de Jackson se dulcificó un poco ante aquel reconocimiento y acarició con amor la espalda de su hija.

–Lo comprendo –susurró–. Pero ya no estás sola, Casey. Yo estoy aquí y voy a ser parte de la vida de Mia. Ya me he perdido mucho.

Casey respiró profundamente y asintió con la cabeza. Iba a tener que encontrar una manera de sobrellevar los derechos de Jackson como padre.

–Parece que tienes mejor mano con los bebés de lo que yo esperaba.

Aparentemente percatándose de que ella estaba dispuesta a si no finalizar, por lo menos sí a hacer una tregua en la pequeña guerra que mantenían, Jackson sonrió.

–Tengo dos sobrinas, ¿recuerdas? Emma y Katie. Emma tiene poco más de un año y Katie tiene tres meses. Las he cuidado muchas veces.

La sorpresa que le causó a Casey aquello debió de reflejarse en sus facciones, ya que Jackson sonrió más abiertamente y ella se quedó sin aliento.

–No sabías eso, ¿verdad? –preguntó él.

–No –contestó ella–. Sabía que tus hermanos tenían hijas, pero no pensé que tú...

–¿Qué? –la retó Jackson–. ¿Que quisiera a mi familia?

Casey recordó que en las investigaciones que había realizado acerca de él había descubierto que la familia King era una familia muy unida, pero no había pensado que un hombre tan interesado en viajar a lugares exóticos fuera a prestarles mucha atención a sus pequeñas sobrinas.

–Desde luego que no –respondió, observando cómo Jackson se daba la vuelta y dejaba a Mia en su cunita–. No pensé que un hombre como tú fuera a querer tener nada que ver con bebés.

–¿Un hombre como yo?

Ella se acercó a acariciar la espalda de su pequeña. Sonrió al oír los leves suspiros de su hija.

–Ya sabes –dijo al darle la espalda–. Los playboys.

–¿Crees que soy un playboy?

Ella se giró para mirarlo y deseó no haberlo hecho. Mientras había tenido a Mia en brazos había estado guapísimo, pero en aquel momento... parecía mucho más tentador. Toda esa piel desnuda y bronceada, el pelo alborotado, la sombra de una incipiente barba, su sensual mirada...

–Sólo sé lo que he leído de ti –dijo ella, dirigiéndose hacia la puerta. Era mejor que volviera lo antes posible a su dormitorio, ya que no quería hacer ninguna tontería.

Pero Jackson iba justo detrás de ella y, cuando salieron al pasillo, le agarró el brazo. Una explosión de calor se apoderó del cuerpo de Casey.

–¿Qué es exactamente lo que has leído?

–Creo que tú sabes la respuesta a esa pregunta –contestó ella, tratando de soltar su brazo–. Eres prácticamente el prototipo de mujeriego. Así que puedes comprender que el verte siendo tan amable y delicado con Mia me ha impresionado un poco.

–Tienes una visión muy limitada de las cosas, ¿no es así?

–No, no es así –respondió Casey, tratando de nuevo de soltarse.

Pero Jackson no estaba preparado para hacerlo y le acarició el brazo. Aunque la bata que ella llevaba no era muy sexy, ver la curva de sus pechos bajo la suave tela fue suficiente para que su sexo se pusiera erecto. La deseaba demasiado… a pesar del hecho de que ella tenía una gran capacidad para enfadarlo.

–Sí que es así –insistió él con desdén–. Has leído algunos tendenciosos artículos sobre mí y ya has decidido lo que soy; un tipo alocado al que sólo le interesa poder obtener placer de la vida.

Casey se puso tensa y se mordió el labio inferior. Jackson sintió ganas de hacer lo mismo, pero se resistió.

–¿Crees que a los periódicos les interesaría escribir un artículo acerca de cuando cuido a mis sobrinas? No –contestó él por ella–. Quieren sensacionalismo porque eso es lo que la gente como tú quiere leer.

–¿La gente como yo?

–No es divertido que te juzguen, ¿verdad? –replicó Jackson–. Sí, la gente como tú. La gente que ve un titular sobre mí y asume que me conoce –añadió, acercándose hasta que sus bocas estuvieron prácticamente rozándose–. No soy ese tipo de hombre, Casey.

Ella trató de nuevo de apartar su brazo, pero fue inútil.

Jackson la miró profundamente a los ojos y sintió la atracción que había entre ambos flotar en el ambiente. Se había levantado de la cama cuando había oído llorar a Mia y no se había parado a pensar que seguramente se fuera a encontrar con Casey. Pero cuando había tomado a su hija en brazos, había sentido que un amor como nunca había conocido se había apoderado de su cuerpo. La vulnerabilidad de la pequeña le había conmovido.

Ya no tenía escapatoria. Ni aunque hubiera querido, lo que no era el caso. Él era el padre de aquella niña y lucharía contra cualquiera que tratara de apartarlos. Incluso si ello significaba mantener una guerra con la madre de la pequeña.

Aunque al mirar a Casey en aquel momento supo que no quería luchar contra ella. Lo que quería era tomarla en brazos, llevarla a su dormitorio y hundirse en ella. Anhelaba tocarla, sentir su suave piel bajo sus manos. La deseaba fervientemente...

Pero una voz interior le recordó que en poco tiempo se iba a convertir en un hombre comprometido. Aunque todavía no lo estaba y no había hecho ninguna promesa.

Fue entonces cuando ideó un nuevo plan. Le había dicho a Casey que no estaba interesado en ella. Había sido mentira. En aquel momento Mia y ella estaban allí con él, en su casa, y eso cambiaba las cosas. Decidió que en vez de una guerra iba a pelear una batalla distinta. Una batalla de seducción.

La increíble química que había entre ambos era demasiado fuerte como para que fingieran que no existía. Quizá si se rendían ante ella podrían apaciguarla antes que si decidían ignorarla.

Entonces la apoyó contra la pared y observó que abría los ojos como platos y que se le agitaba la respiración.

–Jackson, no... –susurró ella, mirándolo a los ojos–. Como tú mismo has dicho, no nos conocemos.

–Eso no nos detuvo la noche que nos vimos por primera vez.

–Aquello fue diferente –murmuró Casey mientras él le acariciaba un pecho.

Jackson comenzó a incitarle su endurecido pezón. Ella gritó y él supo que fue tanto por deseo como por la impresión que sintió. No había esperado que hiciera nada parecido.

Por encima de la bata, él sintió el calor que transmitía el pecho de ella.

–En realidad, no –susurró, besándola brevemente–. Además, ¿qué mejor manera de conocernos?

–Sería un error –aseguró Casey.

–¿Estás segura? –preguntó él, levantándole la bata y acariciándole un muslo.

–Umm... –ella cerró los ojos, gimió levemente

y suspiró al sentir cómo él continuaba incitando su pezón–. ¿Sí?

Jackson sonrió y subió la mano un poco más arriba en su muslo. Se dirigió inexorablemente hacia el caliente y sedoso corazón de su feminidad. Necesitaba tocar, acariciar.

–No pareces muy segura, pero quizá no te conozca lo suficiente.

–Exactamente –susurró Casey, abriendo los ojos y mirándolo de nuevo.

–Entonces ayúdame –pidió él mientras descubría que ella no llevaba braguitas.

Le acarició su húmedo sexo y observó cómo se le oscurecían los ojos hasta que su color azul oscuro se convirtió en casi negro.

–¿Cuál es tu color favorito?

–¿Cómo? –impresionada, ella agitó la cabeza y separó las piernas un poco para darle mejor acceso–. ¿Color?

–Tu color favorito.

–Azul, ¿y el tuyo?

–Negro. ¿Qué prefieres, la playa o la montaña?

–La playa, ¿y tú?

–La montaña –contestó él, penetrándola con un dedo–. ¿Ir de picnic o a un restaurante?

–De picnic –respondió ella, suspirando.

–Yo prefiero ir a un restaurante –dijo Jackson, introduciendo otro dedo más en el sexo de ella.

Casey se mordió el labio inferior para tratar de controlar sus gemidos de placer.

–¿París o Roma? –continuó preguntando él.

–No conozco ninguna de las dos –respondió ella–. Pero creo que preferiría París.

–Te llevaré a Roma –le prometió Jackson–. Te gustará más, créeme.

El placer se reflejó en las facciones de Casey y él pudo sentir lo cerca que estaba de alcanzar el clímax del placer. Entonces comenzó a acariciarle el clítoris con el pulgar mientras continuaba penetrándola con sus otros dedos.

Ella tembló, se apoyó en los hombros de Jackson y le clavó los dedos en su desnuda piel. Movió ansiosamente las caderas en sus manos tratando de alcanzar el alivio que sabía no podía.

–Ahora ya nos conocemos –susurró él, mirándola a los ojos.

–Y no tenemos nada en común.

–¿Te importa? –preguntó Jackson, acariciándola más profundamente, con más intensidad.

–No –contestó ella, gimiendo.

–A mí tampoco –dijo él–. No pongas más excusas. Déjate llevar por el placer... permite que te observe.

–No puedo –respondió Casey, respirando agitadamente–. Es demasiado. No puedo simplemente...

–Déjate llevar –exigió él.

Se miraron a los ojos y Jackson sintió cómo ella se rendía. Un momento después pudo disfrutar al observar cómo un océano de placer inundaba su cuerpo. Entonces la besó y aspiró el gemido de ella. Sintió cómo sus músculos se contraían alrededor de sus dedos y continuó acariciándola incluso cuando ella ya se había tranquilizado.

Finalmente retiró los dedos a regañadientes y la tomó en brazos. Consideró llevarla a su habitación, pero finalmente la llevó a su propio dormitorio. Por lo menos allí había preservativos en el cajón de la mesilla. Cuando llegaron cerró la puerta tras ellos de una patada y miró a Casey, que tenía la boca abierta como en una invitación a que la besara.

Él aceptó y la besó mientras andaba con ella en brazos por el dormitorio. Entonces la dejó en el borde de la enorme cama y no perdió tiempo. Le quitó la bata, dejándola desnuda frente a él. Su piel parecía hecha de la más fina porcelana, sus pezones eran de color rosa pálido y los rizos rubios que tenía entre las piernas le tentaban.

–Jackson…

Él sabía que incluso allí sentada, desnuda, estaba pensando en razones por las cuales aquello era una mala idea, razones que le darían excusas para detenerlo…

–Esta noche no pienses en nada –le ordenó–. Simplemente siente. Estamos juntos en esto, Casey. Disfrutémoslo.

Ella se rió levemente y agitó la cabeza.

–Esto no es por lo que vine aquí, no es lo que se suponía que debía ocurrir.

–Esto estaba destinado a ocurrir –discutió él, bajándose los pantalones del pijama y los calzoncillos.

Casey contuvo la respiración.

–Ambos lo sabemos –continuó Jackson–. Lo hemos sabido durante todo el tiempo.

Ella lo miró de arriba abajo y el ya excitado cuerpo de él se puso todavía más tenso.

–Desde aquella primera noche, Casey, estábamos destinados a que esto ocurriera. Dime que lo sabes, que lo sientes.

–No lo sé –admitió ella, agitando la cabeza–. Ya no sé lo que siento.

–Permíteme ayudarte –sugirió él, poniendo una rodilla en el colchón y presionándola para que se echara sobre la cama.

Casey lo miró. Estaban sólo iluminados por la luz de la luna que se colaba por las ventanas y Jackson sintió que la necesidad que estaba sintiendo se hacía muy intensa. Ella le hacía tener unas ansias que nunca antes había sentido. Le había tocado algo que ninguna otra mujer había logrado tocar y, aunque no quería tomarse el tiempo de explorar aquellos sentimientos, lo que sí que quería era disfrutarlos.

Quería que ella estuviera encima, debajo y alrededor de su cuerpo. Quería ver el clímax reflejado en sus ojos, quería oír sus suaves gemidos y suspiros desesperados. Y no estaba dispuesto a esperar durante más tiempo.

Se acercó a la mesilla y abrió el cajón. Tomó un preservativo y lo sacó de su envoltorio. Entonces se lo puso, se colocó de pie entre las piernas de ella, miró para abajo y sonrió.

–Jackson...

–Deseas esto tanto como yo, lo sé. Y tú también lo sabes.

Casey se rió.

–Eres como una fuerza de la naturaleza. Apareces y te adueñas de la situación. Incluso estás convencido de lo que quiero sexualmente.

–¿Estás diciendo que estoy equivocado? –preguntó él, colocando las piernas de ella alrededor de sus caderas.

–¿Importaría eso?

–Sí –contestó Jackson, acariciando los suaves pliegues de su sexo–. Si me pides que me detenga, lo haré.

Casey respiró profundamente y levantó aún más las caderas.

–No te detengas.

–Sabía que dirías eso.

–Tienes respuesta para todo, ¿no es así?

–Sí –respondió él, restregando la parte superior de su pene contra el corazón de la intimidad de ella. Estaba deseando penetrarla, tomarla, poseerla, deleitarse... Pero esperó–. Ya te lo dije antes; cuando sé lo que quiero, siempre encuentro un camino para conseguirlo.

Casey gimoteó levemente y se acercó más a él.

–Y cuando termines de controlarlo todo, ¿me dirás cuándo he llegado al orgasmo?

Jackson se rió y la penetró con fuerza.

–Lo sabrás, Casey. Créeme, lo sabrás.

Ella lo abrazó más estrechamente con las piernas y la pasión se apoderó de él, que se sintió devorado por un millar de sensaciones. Le hizo el amor con esmero y condujo a ambos al límite de la locura.

Pero cada vez que sentía que ella estaba a punto de alcanzar el orgasmo aminoraba el ritmo, la privaba de lo que necesitaba, de lo que quería. Prolongó el placer para ambos y convirtió cada caricia en una clase de tortura divina.

Jamás había experimentado un placer tan intenso, nunca había sentido una compenetración tan grande con una mujer en la cama. Nunca antes el observar el placer de una mujer había aumentado el suyo. Para ser un hombre al que le gustaba controlarlo todo, repentinamente se percató de que era Casey la que estaba controlando aquel tren.

Casey, cuyos gemidos y susurros estaban alentando el fuego que había dentro de él hasta que ardió con una fuerza que había creído imposible. Aquello era más de lo que había encontrado la primera noche que habían estado juntos. Era más profundo, más grande. Era más intenso... en todos los sentidos. Sintió el deseo de ella y lo acentuó. Sintió su tensión y creó aún más. Quería ser el que la llevara a un nivel más alto del que ningún otro hombre la había llevado antes. Deseaba tocarla de la manera en la que ella lo había tocado a él.

Cuando finalmente el cuerpo de Casey se estremeció sobre el suyo, supo que no podía prolongar su propio alivio durante más tiempo. Se rindió a lo inevitable. Se entregó a la mujer que había derribado completamente sus defensas...

Cuando la tormenta pasó, se estiró en la cama al lado de ella, la abrazó y oyó el furioso latido de su corazón.

Capítulo Siete

Durante la semana siguiente, Jackson alternó su tiempo entre el trabajo y disfrutar en casa. Pero parecía que por primera vez en su vida no podía concentrarse en los negocios y aquello era un poco desconcertante. Le estaba costando mucho mantener su agenda y mirar nuevas rutas que asignarles a sus pilotos.

Antes de que Casey entrara en su vida, acostumbraba a pasar la mayor parte del día en el aeródromo. Pero todo había cambiado.

–Hoy pilotaré hasta Las Vegas –dijo Dan Stone, indicándole a Jackson uno de los vuelos previstos para aquella semana–. Y mañana también puedo ir a Phoenix –añadió–. Pero tendrás que asignarle a otro piloto el vuelo del jueves a Maine.

–¿Por qué? –preguntó Jackson, mirando a Dan.

Dan era uno de los mejores pilotos de la compañía King y, como él, adoraba volar. Para ambos suponía una cuestión de libertad, por lo cual le sorprendió que estuviera rechazando un vuelo largo para realizar dos cortos.

–Es Patti –contestó Dan–. Va a salir de cuentas dentro de poco y no quiere que me vaya por mucho tiempo.

–Ah –dijo Jackson, que había olvidado todo sobre el embarazo de la mujer de Dan–. Está bien, le daremos el vuelo de Maine a Paul Hannah. Una vez que Patti dé a luz podrás…

–Ése es el asunto, jefe –lo interrumpió Dan, esbozando una mueca de dolor–. Patti está algo nerviosa en este momento y está diciendo que quiere que deje de volar. Es demasiado peligroso.

–No puedes estar hablando en serio –dijo Jackson, echándose para atrás en la silla.

–Ojalá –contestó Dan, agitando la cabeza. Se acercó a las ventanas del despacho de Jackson y observó los aviones que había en el aeródromo–. A ella nunca le ha gustado que yo pilotara. De hecho, fue lo único que casi impidió que se casara conmigo. Tiene mucho miedo cada vez que vuelo. Y como ahora va a nacer nuestro bebé…

Jackson observó a su amigo. Ambos habían volado juntos durante años. Sabía que Dan, más que ninguna otra persona, entendía la necesidad que sentía él de estar en el aire.

–¿Puedes hacerlo? –le preguntó–. Me refiero a renunciar a volar.

Dan giró la cabeza y esbozó una compungida sonrisa.

–No lo sé. Nunca antes me lo había planteado. Lo que sí que sé es que Patti y nuestro hijo significan más para mí que ninguna otra cosa… incluido pilotar.

Jackson se preguntó si podría abandonar algo que quería tanto por una persona a la que quería aún más. Nunca antes había pensado en los riesgos que implicaba volar… nunca antes había tenido algo que perder. En ese momento la imagen de Mia se apoderó de su cabeza. Y la de Casey.

¿Casey?

Jackson se sintió incómodo. Querer a su hija era una cosa, era normal, lo esperado. Pero tener sentimientos hacia la madre de la pequeña no formaba parte de sus planes. Sí, la deseaba. Cada día más. Pero entre ellos no podía haber nada más que lujuria. Había otras cosas a tener en cuenta... como Marian.

¡Dios, Marian! Se había olvidado de ella durante las semanas anteriores. No la había telefoneado tras haberla dejado sola en el restaurante aquella noche. No se había molestado en acercarse a verla para decirle que estaba ocupado y todavía no le había propuesto matrimonio...

–¿Está todo bien? –preguntó Dan, frunciendo el ceño–. Parece como si te hubieras puesto repentinamente enfermo.

–No, estoy... bien. Simplemente tengo muchas cosas en la cabeza.

–Conozco la sensación –comentó su amigo–. Bueno, de todas maneras todavía tengo tiempo para pensar en esto.

–Claro –dijo Jackson, que prefería pensar en los problemas de Dan más que en los suyos propios–. Si decides colgar tus alas, quiero que sepas que aquí sigues teniendo un trabajo –añadió, levantándose y tendiéndole la mano–. Te podrías ocupar del personal de tierra o podrías dedicarte al diseño. Siempre has tenido buen ojo y a mí me vendría bien un hombre que sabe lo que los pasajeros quieren en un avión.

Dan asintió con la cabeza y apretó la mano de su amigo.

–Gracias, jefe. Te estoy muy agradecido.

Cuando Dan se hubo marchado, Jackson se volvió a sentar en su silla. Tenía que realizar una llamada telefónica, tenía que ir a ver a Marian, explicarle la situación con Mia y decirle que no se podrían casar de inmediato.

A ella no iba a gustarle aquello, pero a él le daba igual. La verdad era que no importaba cómo se tomara Marian las noticias; el hecho de que no hubiera pensado en ella durante dos semanas le dejó claras las cosas. La idea del matrimonio se había convertido en una mala idea.

–Tengo noticias de tu Casiopea.

–¿Umm? ¿Qué? –preguntó él, levantando la mirada y viendo a Anna en la puerta de su despacho–. ¿Qué has dicho?

–Casey. ¿Te acuerdas? La chica de ojos azules, la mujer que querías que yo encontrara, la mujer a la que llevo tratando de encontrar durante dos semanas –contestó Anna–. Bueno, pues la he encontrado. Ha estado escondiéndose en tu casa.

–Muy graciosa.

–Eso mismo pensé yo de ti.

–Lo siento. No se me ocurrió que siguieras buscándola –comentó Jackson.

–Tus deseos son órdenes para mí –dijo ella, encogiéndose de hombros–. Así es como funciona la relación entre jefe y empleado.

–Normalmente no –contestó él.

Anna entró en el despacho de su jefe, por el que no se sentía intimidada en absoluto y al que a veces trataba como si fuera uno de sus hijos.

–Así que... –dijo, colocando las manos en el escritorio de Jackson– esta agradable mujer telefonea, se presenta como Casey Davis, y me pide que te informe de que no estará en casa para cenar.

–¿Por qué no? –quiso saber él, frunciendo el ceño.

–Lo gracioso es que oí el llanto de un bebé mientras hablaba con ella –comentó Anna, frunciendo el ceño a su vez–. ¿Te importaría explicármelo?

–¿Dónde va a ir? –preguntó Jackson, ignorando los requerimientos de su ayudante.

–Dijo que tenía una cita con un cliente potencial.

–¿Cliente? –repitió él, que no comprendía a quién podría ir Casey a ver.

–Eso fue lo que dijo ella –respondió Anna–. También dijo que se iba a pasar por aquí sobre las cuatro para dejarte a Mia.

Jackson se levantó y comenzó a mirar a su alrededor para buscar potenciales zonas peligrosas. Había muchos cables, enchufes, papeleras... aquél no era un lugar para bebés.

–¿Quién es Mia? –preguntó Anna.

–Mi hija –contestó Jackson, cuyas prioridades habían cambiado tras tener a la pequeña consigo.

Ver la sonrisa de la niña por las mañanas era una forma maravillosa de comenzar el día. Tenerla en brazos antes de que se quedara dormida le derretía el corazón y ver cómo lloraba conseguía desestabilizarlo por completo.

Era un hombre que estaba enamorado de su hija.

Así como también estaba completamente perdido por la madre de la pequeña.

–¿Tu hija? –dijo Anna, sonriendo abiertamente.

Se acercó a darle un abrazo a su jefe–. ¿Por qué no me lo habías dicho? ¿Y por qué no la he conocido todavía?

–Prácticamente me acabo de enterar de su existencia. Y esta tarde la conocerás –contestó él.

–Es maravilloso, Jackson –comentó Anna. Entonces se puso seria–. Tengo muchas ganas de conocer a la misteriosa Casiopea y a la sin duda preciosa Mia. ¿Pero qué vas a hacer respecto a Marian?

–Telefonéala por mí, ¿podrías? Supongo que ha llegado el momento de que Marian y yo hablemos.

Mientras Casey se dirigía conduciendo al aeródromo, tuvo que admitir que había sido una semana increíble.

En pocos días, Mia y ella se habían acostumbrado a vivir en la mansión de Jackson. Antes de que ellas se mudaran, él había contratado los servicios de una cocinera, un ama de llaves y le había ofrecido contratar a una niñera. Pero Casey había puesto el límite ahí. No quería que ninguna extraña criara a su hija y había parecido que a Jackson le había agradado su decisión.

La mansión era enorme y, aunque tardó dos días en aprender a moverse por ella, tuvo que admitir que la casa tenía una cierta calidez que no había esperado encontrar. Las habitaciones eran grandes, pero estaban decoradas en un estilo agradable y hogareño.

Jamás había soñado tener un dormitorio como el que estaba ocupando. Era una habitación muy suntuosa, romántica... aunque no pasaba mucho tiempo en ella. A pesar de sus intenciones no había sido capaz de mantenerse alejada de Jackson.

Aquel hombre era muy diferente a ella pero, aun así, había una gran química entre ambos y había dejado por imposible la tarea de resistirse a él. Cada noche, tras acostar a Mia, Jackson y ella iban a la habitación de él. Allí pasaban horas abrazados... parecía que en la cama sus diferencias no importaban tanto.

Lo que era un poco perturbador.

Casey sentía que se estaba enamorando de él y, aunque sabía que era un gran error, no podía evitarlo. Era cierto que Jackson era autoritario y arrogante. Pero también era sensible y dulce. Podía volverla loca con sólo tocarla...

Pero aquella relación no tenía ningún futuro. Lo único que iba a lograr era llevarse una tremenda decepción cuando terminaran aquellos seis meses que habían acordado. Jackson no se iba a enamorar de ella. En aquel momento era simplemente una mujer conveniente para él.

–Es mi maldita culpa. Nunca debí permitir que esto comenzara. ¡Idiota!

Agarró el volante con fuerza y miró a su pequeña a través del espejo retrovisor. Pudo ver cómo ésta sonreía.

–Te gusta tu papi, ¿verdad?

Mia agitó en el aire su peluche.

Casey no estaba ciega. Se había dado cuenta de la relación que se estaba creando entre Jackson y la niña. Él estaba mucho más involucrado como padre de lo que ella jamás habría pensado. Y aquello le preocupaba un poco, ya que cuanto más se uniera a Mia, más le costaría separarse de ella cuando finalizaran los seis meses. ¿Y qué ocurriría si decidía que no quería dejar marchar a Mia? ¿Y si luchaba por conseguir la custodia?

–Oh, esto se está complicando demasiado –susurró Casey, poniendo el intermitente al llegar al aeródromo.

Se dirigió directamente a la torre en la que estaba ubicado el despacho de Jackson y aparcó en la puerta. Cuando se bajó del vehículo, lo primero de lo que se percató fue del ruido. Motores de aviones, hombres gritando y alguien solicitando por megafonía los servicios de mantenimiento.

Entonces sacó a Mia del coche y entró en el edificio a toda prisa, preocupada por el efecto que todo aquel ruido podría tener en los diminutos tímpanos de su pequeña. Un empleado de seguridad tomó sus datos y le indicó que se dirigiera hacia el ascensor. Justo antes de que las puertas se cerraran le guiñó el ojo a Mia.

Cuando las puertas volvieron a abrirse, vio a una mujer mayor sonriéndoles abiertamente.

–Tú debes de ser Casiopea –le dijo la señora, acercándose a Mia.

La pequeña sonrió alegremente, impaciente por explorar una nueva cara.

–Llámame Casey, por favor.

–Desde luego. Yo soy Anna, la ayudante de Jackson. Y tú, preciosa, debes de ser Mia King.

–Mia Davis –se apresuró a corregir Casey.

Anna la miró y a continuación sonrió.

–Ha sido error mío. Bueno, el jefe está al final del pasillo –explicó, señalando una puerta cerrada–. ¿Por qué no entras y yo me ocupo de Mia? –añadió, tomando en brazos a la niña.

La pequeña parecía muy cómoda en la cadera de Anna y ésta estaba disfrutando de la experiencia. Pero, aun así, Casey vaciló.

–¿Estás segura?

–Oh, sí. No te preocupes. He tenido cuatro hijos y no rompí a ninguno –contestó Anna.

Casey sonrió y se sintió mejor de inmediato.

–Está bien. Voy a ir a decirle a Jackson que me voy y...

–Tómate tu tiempo... –dijo Anna, dándose la vuelta y mostrándole a una emocionada Mia los aviones que se veían por la ventana.

Entonces Casey se dirigió a la puerta que le había indicado aquella agradable mujer y llamó. A continuación abrió y entró, cerrando la puerta tras de sí. Jackson estaba hablando por teléfono, pero le indicó con la mano que se sentara.

–Efectivamente; necesitamos que se nos suministre combustible mañana por la mañana como muy tarde. Tenemos varios vuelos programados para el fin de semana –estaba diciendo él, el cual asintió con la cabeza y realizó una anotación–. Muy bien. Nos veremos entonces.

Tras colgar el teléfono, Jackson se levantó y se acercó a ella. Miró hacia la puerta.

–¿Mia se ha quedado con Anna?

–Sí. Se acercó a nosotras y se encariñó con la pequeña en cuanto nos vio entrar.

–Bueno, no te preocupes. Está en buenas manos.

Casey asintió con la cabeza y anduvo por el despacho.

–¿Te importa cuidar a Mia mientras yo voy a mi cita?

–No, ¿pero con quién es la cita?

Casey parpadeó.

–Estoy segura de que no lo conoces.

–¿Es con un hombre?

A ella le pareció que el tono de voz de Jackson cambió.

–Sí, es con Mac Spencer. Vamos a vernos en Drake para tomar café. Quiere que diseñe un nuevo folleto para su agencia de viajes.

–Lo conozco –dijo Jackson, cruzándose de brazos–. Su agencia está en Birkfield.

–Efectivamente.

–¿Cómo ha sabido de ti? Tú vives en Darby.

–Ya no –le recordó Casey–. Hace un par de días Mia y yo dimos un paseo por Birkfield. Les entregué mi tarjeta de negocios a algunos propietarios de tiendas. Me pareció buena idea –añadió–. Y está claro que así fue.

Aquello hacía sentir bien a Casey. Quizá estuviera viviendo en el pequeño palacio de Jackson, pero ella se ganaba la vida por su cuenta. Siempre lo había hecho. Cuando aquellos seis meses llegaran a su fin, volvería a estar sola y a mantener a su hija. Cuantos más clientes tuviera, mejor les iría.

–Eso lo explica todo –dijo Jackson entre dientes.

–¿Explica el qué?

–Seguramente Mac Spencer te miró y decidió tenerte como postre –contestó él con la tensión reflejada en la voz.

–¿Perdona? –preguntó ella, impactada.

–Es famoso en la ciudad –contestó Jackson, agarrándola del brazo–. Todos saben que es un mujeriego –añadió, mirándola a los ojos–. No puedes estar considerando seriamente verte cara a cara con ese hombre.

–Claro que sí –respondió ella, apartando su brazo con fuerza–. Son negocios, Jackson. Es mi negocio. Esto es lo que estaba haciendo antes de que vinieras y te hicieras cargo de mi vida. Y seguiré haciéndolo cuando volvamos a estar solas. Soy el único apoyo para mi hija.

–Ya no eres el único apoyo que tiene.

–¿Realmente piensas que me voy a quedar sin hacer nada durante los próximos seis meses?

–¿Por qué no? Considéralo como unas vacaciones.

–Si hiciera eso... –explicó Casey– perdería mis clientes y no me lo puedo permitir. Hay gente que depende de mi ayuda. Me tomo mi trabajo tan en serio como tú te tomas el tuyo.

Jackson se quedó pensativo un momento.

–Está bien. Te contrato.

–¿Para hacer qué?

–Folletos –contestó él–. Dices que eres buena. Demuéstramelo, trabaja para mí.

Una leve excitación le recorrió el cuerpo a Casey al considerar las posibilidades de trabajar con una empresa como aquélla. No sabía mucho de aviones, pero era buena diseñando. Podría hacer un trabajo magnífico para él...

–Si hablas en serio... –dijo– podemos hablar sobre ello después. Una vez me haya visto con Mac Spencer.

–No. Vas. A. Ir. A. Verlo.

Casey se rió.

–Sí. Que. Lo. Voy. A. Hacer –contestó–. Y no me puedes detener. No tienes derecho a hacerlo. Así que… –añadió, dirigiéndose a la puerta– pásalo bien con Mia. Os veré en casa más tarde.

Con sólo pasar quince minutos con Mac Spencer, Casey supo que Jackson había tenido razón; era un hombre sórdido. Era muy atractivo, pero de una forma dura. Llevaba el pelo perfectamente peinado y tenía los ojos azules.

Pero ni siquiera les habían servido el café cuando le tomó la mano por encima de la mesa. Casey la apartó y abrió su carpeta, decidida a que aquello funcionara; si podía convencer a aquel hombre de que era capaz de hacer el trabajo, estaba dispuesta a soportar su no discreto coqueteo. No era la primera vez que había tenido que quitarse de encima a un cliente potencial.

Pero la manera en la que estaba librándose de él parecía estar irritando a Mac, que agitó una mano sobre la carpeta de ella, despreciando su trabajo.

–Esto está bien, pero creo que te harías una idea mejor de lo que quiero si fuéramos a mi despacho. Te podría mostrar el plan del año pasado y podrías convencerme de cómo mejorarlo.

¡De ninguna manera Casey iba a ir a su despacho! No tenía ningún interés en estar a solas con él.

–Si miraras este folleto que hice el año pasado para el Rotary Club de Darby, podrías ver que mediante un acertado uso del color…

Mac Spencer agarró el folleto de las manos de Casey y lo apartó a un lado. Se acercó a ella por encima de la mesa y le acarició las manos muy despacio, con la obvia intención de crear una caricia muy sexy. Pero lo que fue, fue irritante.

–¿Por qué no me permites que te invite a cenar en un lugar más tranquilo que éste, donde nos podamos conocer un poco mejor?

–Realmente no…

–Buenas noches, Mac.

La profunda voz de Jackson captó la atención de ambos. Casey levantó la mirada y lo vio al lado de la mesa. Pudo observar cómo miró furioso la mano que Mac tenía sobre la suya.

–King –dijo Mac, enderezándose y sonriendo intranquilo–. ¿Qué estás haciendo aquí?

–He venido a buscar a Casey –contestó Jackson, mirando intensamente a aquel hombre–. ¿Ya habéis terminado?

–Sí, claro. Estoy seguro de que tengo todo lo que necesito –respondió Mac, que se levantó de su silla apresuradamente.

–Ya tienes todo lo que vas a recibir, eso seguro –comentó Jackson.

Asintiendo con la cabeza, Mac se enderezó y le dirigió a Casey una abrasadora mirada.

–Gracias por la información, señora Davis. Me pondré en contacto con usted –dijo, adoptando una actitud muy formal.

Al marcharse Mac, Casey oyó que Jackson murmuraba algo.

–Ni mucho menos –dijo, sentándose en el asiento que había dejado vacío Mac.

–¿Por qué has hecho eso? –preguntó ella.

–Te he salvado.

–¿Tenía yo el aspecto de que necesitara ser salvada?

–En realidad, sí.

Casey se planteó que quizá Jackson tuviera razón, ya que tal vez el desprecio que estaba sintiendo por Mac Spencer se había reflejado en su cara. Pero de cualquier manera, ella podía habérselas arreglado sola.

–Eso no es cierto.

–No tienes por qué darme las gracias, pero por lo menos podrías reconocer que me necesitabas.

–¿Darte las gracias? –dijo ella, agitando la cabeza mientras agarraba su carpeta y metía dentro todos los folletos y diseños que había sacado–. Seguramente me has costado lo que podría haber sido un trabajo estupendo. Éste es mi trabajo, Jackson. ¿Voy yo al aeródromo y te digo qué avión tiene que volar? ¿O a qué piloto debes contratar?

–No, pero no es lo mismo.

–Claro que lo es –sentenció Casey, levantándose del asiento y agarrando su carpeta. A continuación tomó su bolso y frunció el ceño–. Podía haber manejado a ese tipo, Jackson. ¿Crees que es el primer hombre que piensa que puede toquetearme? ¿Crees que es la primera vez en la que tengo que tener cuidado en una situación arriesgada? Bueno, pues no lo es. Lo he hecho bastante bien yo sola durante toda mi vida y puedo seguir haciéndolo. Sin tu ayuda.

El hecho de que ella tuviera razón no tenía mucho que ver con el asunto a tratar. Casey había estado sola durante la mayor parte de su vida y había aprendido a valerse por sí misma. No tenía familia y su amiga más cercana era Dani Sullivan.

Pero en aquel momento lo tenía a él.

Durase el tiempo que durase aquella relación, sabía que tenía a Jackson.

Cuando comenzó a dirigirse hacia la puerta, él se levantó y la siguió. Detrás de ella, fijó su mirada en el movimiento de sus caderas.

Cuando se había acercado a la mesa y había visto a Mac tocándola, se había puesto furioso. No había habido otra cosa que hubiera deseado más que darle un puñetazo a aquel hombre.

Cuando Casey salió de Drake, la había alcanzado e iba justo detrás de ella. Una fuerte brisa del océano le dio en la cara, como si quisiera que se apartara de aquella mujer.

Antes de llegar a su coche, ella se dio la vuelta.

–¿Dónde está Mia? –exigió saber.

–Con Anna –espetó él–. Está perfectamente.

–Se suponía que ibas a cuidarla tú.

–Estaba demasiado ocupado cuidándote a ti.

–Lo que no es trabajo tuyo –le recordó Casey.

–Desde luego que lo es –gruñó él, agarrándola de los brazos y acercándola hacia sí–. ¿Crees que no me di cuenta de lo que Mac estaba planeando? ¿Crees que simplemente voy a quedarme observando cómo un tipo te pone las manos encima? Eso no va a ocurrir, Casey. Nadie te va a tocar... aparte de mí.

Capítulo Ocho

El beso que le dio fue muy repentino, casi violento. Estaba lleno de pasión. Casey pensó que debía detenerlo, debía apartarlo y decirle que no tenía ningún derecho a decidir quién podía tocarla o no. No necesitaba que la cuidara. Debía recordarle que su única conexión era Mia y que el hecho de que durmieran juntos no significaba que la poseyera.

Pero no hizo nada de eso.

En vez de ello lo abrazó por el cuello, gimió en su boca y se rindió ante su fuego. Jackson dejó de agarrarla con tanta fuerza, pero su deseo se incrementó llamativamente.

La pasión se había apoderado del cuerpo de Casey, la estaba devorando, tanto su cuerpo como su alma. Cuando él la abrazó estrechamente por la cintura y la apretó contra su cuerpo, sintió cómo un potente deseo la recorría por dentro. Pero en realidad, desde aquella primera noche que habían pasado juntos en casa de él, cada vez que la tocaba le ocurría lo mismo. Con una sola caricia la hacía suya. Un beso y deseaba más.

No podía frenar la necesidad que sentía por aquel hombre. No quería hacerlo.

Finalmente, él echó la cabeza para atrás y ambos tomaron aire. Casey lo miró a los ojos y vio en ellos reflejada la misma pasión que la estaba consumiendo a ella.

–Mac te tocó –dijo Jackson, acariciándole la mejilla. Sus ojos no sólo reflejaban pasión, sino también un fuego que iba más allá de algo sexual, era como una especie de actitud posesiva.

Y aquello conmovió profundamente a Casey.

–Te puso una mano encima y en su mente estaba haciendo mucho más –continuó él.

–No puedes condenar a un hombre por sus pensamientos, Jackson –se burló ella, percibiendo que la tormenta estaba pasando.

–Pero eso no significa que no quiera –insistió él, tomando la cara de ella entre sus manos–. Me vuelves loco, ¿lo sabes?

Casey se quedó estupefacta al percatarse en un aparcamiento de que se había enamorado por primera vez en su vida.

–Jackson, ¿qué estamos haciendo? –preguntó, susurrando.

–¡Ojalá lo supiera! –contestó él, agitando la cabeza y mirándola a los ojos con la confusión reflejada en los suyos.

Entonces se apartó de ella.

–No me gusta la idea de que trabajes –añadió.

–Ya me he dado cuenta –comentó Casey, casi divertida al observar la terquedad que reflejaban los ojos de él.

Quizá era mejor si no hablaban de la relación tácita que había entre ambos. Para ella era más seguro. No podía correr el riesgo de decirle que lo amaba, ya que podía encontrarse con un cierto rechazo por parte de él.

–Pero yo trabajo y no voy a dejar de hacerlo simplemente porque ahora viva en tu casa.

–Está bien –contestó Jackson, apretando los dientes y mirando al horizonte durante un momento. A continuación volvió a mirarla a ella–. Pero si estuvieras muy ocupada con un cliente importante, no tendrías que salir para tratar de obtener más clientes, ¿verdad?

–¿Qué es lo que estás planeando?

–Simplemente contesta a la pregunta.

–Bien –Casey asintió con la cabeza–. Si yo tuviera un cliente importante, desde luego que dedicaría mi tiempo a trabajar para él... o para ella. Pero el hecho es que no lo tengo, así que tengo que realizar varios trabajos a la vez.

–Ya no.

–Jackson... –comenzó a decir ella, que tuvo la impresión de que sabía adónde iba a llevar aquello. Aunque una parte de sí estaba muy contenta por ello, otra, una parte más inteligente, le estaba advirtiendo que no aceptara lo que él le iba a proponer.

Si se involucraba más con aquel hombre, la ruptura sería mucho más dolorosa.

Pero él comenzó a hablar y Casey sintió cómo los planes que le estaba sugiriendo le atraían.

–Lo que te dije antes lo dije en serio –declaró–. Necesito nuevos folletos y tarjetas de negocios, quizá incluso también una página Web... ¿puedes diseñar páginas Web?

–Sí, pero...

Jackson se acercó más a ella y le acarició los brazos. Esbozó una encantadora sonrisa...

–Piénsalo, Casey. Trabaja para mi empresa y rechaza cualquier otro trabajo que te salga. Pasa más tiempo con Mia...

–Eso es una estafa –señaló ella.

–Me gustaría indicar que los Viñedos King también tienen una página Web que necesita actualizarse... confía en mí. Travis no puede hacerlo y Julie está demasiado ocupada con la apertura de su pastelería como para preocuparse por cosas así. También están los folletos de los viñedos, los menús de degustación, noticias de interés... –Jackson hizo una pausa–. ¡Julie también! La nueva pastelería. Probablemente le vendría bien que la ayudaras con publicidad sobre el lugar.

La mente de Casey comenzó a galopar. No pudo evitarlo. Poner en su currículum un trabajo para la familia King la ayudaría a hacer crecer su negocio considerablemente. Conseguiría más dinero y no tendría que volver a aceptar verse con personas como Mac Spencer. Jackson había tenido razón acerca de aquel tipo... pero no se lo iba a reconocer.

Él también había tenido razón sobre otra cosa; si aceptaba aquella oferta, disfrutaría de más tiempo con Mia. Eso por no mencionar que cuando los seis meses acordados llegaran a su fin, tendría una oportunidad mejor de mantener a su hija.

Porque la verdad era que, tanto si le gustaba como si no, fuera lo que fuera lo que tenía con Jackson, no duraría para siempre. No importaba que ella se estuviera casi acostumbrando a su autoritaria forma de ser, no importaba que la química que había entre ambos fuera increíble. Ni siquiera importaba que lo amara.

Lo único que importaba era que debía recordar que Jackson había organizado todo aquello como algo temporal para poder conocer a su hija.

–Y también está Gina y sus caballos gitanos –estaba diciendo él–. Ella también tiene una página Web y siempre se está quejando de lo duro que es mantenerla actualizada, ya que tiene que ocuparse de Adam, de Emma y de los caballos...

Casey pensó que todo aquello sonaba muy bien, pero no sabía qué efecto podría tener en su ruptura con Jackson y sospechaba que haría las cosas más difíciles.

–No me gusta la mirada que tienes ahora mismo –dijo él con suavidad, acariciándole los pómulos–. Durante unos segundos pareciste emocionada ante la idea y repentinamente la luz de tus ojos se ha apagado.

Casey esbozó una sonrisa que esperó fuera muy brillante. No quería darle ninguna razón para que se arrepintiera del tiempo que habían pasado juntos.

–Estoy bien, Jackson –contestó, agitando la cabeza–. Y, aunque odio admitir esto ante ti porque ya eres suficientemente insufrible acerca de tener razón todo el tiempo... –añadió, apartándose de él y tendiéndole la mano de manera formal.

–¿Qué es esto? –preguntó Jackson.

–Un acuerdo de negocios –contestó ella, sonriendo ante la confusión de él–. Me has ofrecido un trabajo, ¿no es así?

–Sí, lo he hecho.

–Bueno, pues acepto. Trabajaré para tus aeródromos, para tus viñedos y también para Travis y Gina si están interesados...

–Lo estarán –prometió Jackson, apretándole la mano. La acercó hacia sí a continuación–. Pero para sellar el acuerdo... –murmuró, bajando la cabeza– prefiero el término sellado con un beso.

–Dani, cuando me besó, te juro que se me erizó el pelo y sabes que lo tengo demasiado corto como para que se me erice.

–Cuéntame –exigió su amiga a través del teléfono.

–Estábamos en el aparcamiento y él estaba furioso porque aquel cliente había tratado de tener algo conmigo...

–¡Qué sórdido!

–Absolutamente –concedió Casey–. Bueno, como te estaba contando, él... Jackson, el fogoso Jackson... me agarró, me apretó contra su cuerpo y me dio un beso tan apasionado que estoy segura de que sentí su lengua en las amígdalas.

–¡Vaya!

–Fue muy ardiente –comentó Casey.

–¿Te abrazó muy estrechamente y te acarició? –preguntó Dani, suspirando.

–Oh, sí.

–Dios, me encanta cuando Mike hace eso conmigo, pero normalmente tengo que volverle muy loco para que ocurra.

–Jackson estaba completamente enloquecido.

–Entonces lo pasaste bien, ¿verdad?

–Estupendamente –contestó Casey, acomodándose en un sillón que había junto a la ventana en su dormitorio–. Pero fue justo entonces cuando me di cuenta de que estoy en peligro.

–Has caído, ¿verdad? –dijo Dani, suspirando de nuevo–. Te has enamorado de él.

Casey observó a través de la ventana la tormenta primaveral que se estaba produciendo. Mia estaba dormida y Jackson se había marchado para asistir a una reunión.

–Sí –admitió, contenta de tener a alguien con quien poder confesarse–. Es cierto. Lo amo.

–Oh, Dios –la voz de Dani reflejó la comprensión que sintió–. ¿Se lo has dicho?

–¿Te parece que estoy loca?

Dani no pudo evitar reírse.

–¿Cuáles son los sentimientos de él?

–No lo sé –contestó Casey, suspirando–. Y no se lo puedo preguntar, ¿comprendes?

–Claro que no –concedió Dani, la cual tapó el auricular del teléfono a continuación–. Mikey, te dije que bañaríamos al perro después. Por favor, deja de mancharlo con el jabón del lavavajillas.

Casey se rió al oír aquello. Había necesitado hablar con su amiga. Desde que se había ido a vivir a casa de Jackson, había estado tan ocupada con Mia, con su trabajo y con su nueva relación que no había telefoneado a Dani tan frecuentemente como debería haberlo hecho.

–¿Qué vas a hacer? –preguntó Dani.

–¿Qué puedo hacer? –contestó ella–. Acordé estar aquí seis meses. Si intento marcharme antes, Jackson tratará de quitarme a Mia.

–¿Crees que todavía lo intentaría? –quiso saber Dani, impresionada.

–Supongo que no estoy realmente segura, pero

no puedo permitirme el riesgo de comprobarlo –contestó Casey.

–¿Entonces cuál es el plan?

–Buena pregunta. Y parece que sólo puedo pensar en una respuesta.

–¿Cuál?

–Que debo disfrutar de lo que tengo mientras lo tengo –respondió Casey con firmeza–. Quizá no lo vaya a tener para siempre, pero todavía puedo disfrutar de este sentimiento, de este tiempo con él... mientras dure. ¿No te parece?

–Absolutamente –contestó Dani–. Así que... ¿me vas a contar algunos detalles sórdidos?

Casey se rió.

–Claro, ¿cuántos quieres que te cuente?

–¿Cuántos tienes?

–Cientos –admitió Casey, sintiendo que le hervía la sangre con sólo recordar todas las veces en las que Jackson y ella habían estado juntos.

–Oh, cariño, ¡cuéntame!

–¿Tienes una qué?

–Una hija –contestó Jackson, observando cómo Marian fruncía el ceño.

Había sabido que aquello no iba a ser fácil, pero le había pedido a Anna que lo arreglara todo para que pudiera verse con Marian. Ya había retrasado el contarle la verdad durante demasiado tiempo.

–Tengo una hija.

Mientras le explicaba lo que había ocurrido recientemente en su vida y que Casey y Mia habían ido a vivir con él, Marian se levantó y lo observó con la impresión reflejada en la cara.

Jackson se levantó y se acercó a la ventana. Pensó que nada parecía fácil ni relajado en el hogar de los Cornice. El interior era igual de rígido y formal que el exterior. Majestuosas antigüedades reinaban en la casa. Sillas incómodas, mesas altas y adornos de cristal con un aspecto tan frágil que hacían que cualquier hombre se sintiera incómodo con sólo estar en la sala.

Jackson se dio la vuelta para mirar a la mujer con la que se suponía que iba a casarse y trató de recordar por qué había resultado una idea tan buena hacía sólo unos meses. Pero no podía. Porque el mirar a Marian, que estaba vestida con su ropa de diseño y que seguía tan delgada como siempre, le hizo pensar en la seductora y deliciosa Casey vestida con sus pantalones vaqueros gastados y camisetas.

Debía de estar perdiendo la cabeza.

–Se llama Mia –continuó.

Marian no se estaba tomando muy bien las noticias, pero él no había esperado otra cosa.

–Tiene diez meses, tengo una fotografía...

Marian levantó una mano en la que podía observarse una perfecta manicura.

–No, gracias. No estoy interesada en tu hija ilegítima.

A Jackson no le hizo gracia eso, pero controló su ira y se dijo que tenía todo el derecho a estar disgustada. Pero si volvía a atacar a Mia...

–Y dices que la niña y la madre...

–Su madre... –corrigió Jackson.

–... ¿están instaladas en tu casa?

–Están viviendo conmigo, sí –contestó, acercándose a ella.

Cuando estuvo suficientemente cerca pudo observar la tirantez que reflejaba la boca de Marian. No sabía si estaba simplemente enfadada o herida, pero él prefería no pensar en haber dañado a aquella mujer. Jamás haría daño a ninguna mujer con la que hubiera tenido alguna relación; no había razón para romper corazones. Le gustaba tener una relación, divertirse, y después, cuando la magia se terminaba, decirse adiós como dos adultos civilizados. Sin guardar resentimiento.

En ese momento se preguntó cómo iba a afrontar la separación de Casey. Ella se había metido en su cuerpo, en su alma... era la única mujer con la que había estado en la que no podía dejar de pensar. Lo perseguía día y noche. En momentos extraños su imagen se apoderaba de su mente para recordarle cuánto la deseaba.

Como por ejemplo, en aquel momento.

Pero se esforzó por dejar de pensar en ella, ya que no era inteligente tratar con una mujer mientras pensaba en otra.

–Necesito pasar algún tiempo con Mia... mi hija –dijo–. Ya me he perdido muchos momentos de su vida y no quiero seguir haciéndolo. Tengo que pensar en cómo vamos a encajar el uno en la vida del otro.

–Entiendo –comentó Marian, dirigiéndose a un aparador donde se sirvió un vaso de brandy. Se lo bebió de un solo trago–. ¿Y la madre?

–Bueno, obviamente ella también se mudó a mi casa –contestó él–. No podía separarlas, ¿no crees? –añadió, frustrado. Le parecía que ella estaba haciendo aquello más difícil de lo que debía ser–. Es sólo por seis meses.

–¿Y quieres que esperemos a casarnos una vez se hayan marchado?

Marchado. En realidad, él no quería pensar en esa posibilidad. No sabía cómo iba a poder soportar vivir en su casa y pasar por la habitación de Mia sabiendo que ella ya no estaba allí. ¿Cómo iba a ser capaz de andar por el pasillo y no ver a Casey echada contra la pared gimiendo de placer?

Aquello era un embrollo. Pero debía resolver cada problema a su tiempo.

–Marian, sé que teníamos un acuerdo...

–Sí, lo tenemos –contestó ella, dándose la vuelta para mirarlo–. Uno que yo tengo toda la intención de cumplir. La pregunta es... ¿y tú?

Jackson suponía que aquélla era la verdadera pregunta. Había ido a casa de ella con la intención de continuar con su acuerdo de matrimonio... sólo había querido que esperaran seis meses. Pero en aquel momento ya no estaba tan seguro. De hecho, cuanto más pensaba en ello, menos dispuesto estaba a cumplir el acuerdo que ambos habían realizado.

–Hablaremos de ello dentro de seis meses –dijo sin contestarla realmente.

Marian lo miró directamente a los ojos y por un segundo, Jackson pensó que la iba a ver perder el control, mostrar un poco de emoción. Pero, como siempre, ella controló sus sentimientos.

–No estoy contenta con esto, Jackson.

–Lo comprendo, pero no hay otra manera de salir de esta situación. De hecho, entendería si quisieras terminar conmigo.

Algo brilló en los ojos de aquella mujer, pero se disipó antes de que él pudiera identificarlo.

–Desde luego que no –contestó Marian–. Llegamos a un acuerdo y voy a hacer todo lo que pueda para cumplirlo. Como tú has dicho, dentro de seis meses volveremos a hablar de ello.

Hubiera sido más fácil si ella hubiera terminado su relación con él en aquel momento. Jackson supo que la próxima vez que hablaran de aquello, si ella no rompía el acuerdo, lo haría él.

Se dijo a sí mismo que los matrimonios de conveniencia no siempre funcionaban, a pesar de lo bien que les habían ido las cosas a sus hermanos.

–Entonces bien. Ahora, si me disculpas... –dijo, dándose la vuelta para marcharse.

–¿Te estás acostando con ella? –preguntó repentinamente Marian.

–No hagas esto –contestó él, girándose para mirarla–. No nos lo hagas a ninguno de los dos.

–Es sólo una pregunta, Jackson.

–Una que no voy a responder.

–Lo acabas de hacer –señaló ella.

–Marian –dijo Jackson, pensando que quizá debía terminar con todo aquello en aquel momento.

–No te preocupes. Olvida que te lo he preguntado. Ahora, si no te importa, preferiría estar sola.

Él quería decir algo, pero no sabía el qué. Ya había hecho suficiente daño.

Entonces se marchó de allí y, al salir a la calle, se sintió bien al notar cómo la lluvia le caía por la cara tras haber estado dentro de aquella agobiante casa.

Capítulo Nueve

–Tiene buenas ideas –reconoció Travis un par de días después mientras levantaba una copa de vino.

Adam dio un trago a su brandy.

–Gina ya está llevando a cabo los cambios que Casey sugirió para la página Web. Me ha estado siguiendo por el rancho durante dos días sin parar de hablar de ello.

–Eso está bien –dijo Jackson, haciendo una pausa para dar un trago a su whisky favorito. Sintió un cierto orgullo ante el hecho de que Casey hubiera aportado nuevas y frescas ideas al negocio de la familia–. Así se mantendrá ocupada.

–¿Eso es todo sobre lo que versa esto? –preguntó Adam, que estaba sentado en el sofá de cuero de su despacho.

–¿Qué otra cosa podría ser? –contestó Jackson, levantándose de su asiento y mirando a sus dos hermanos–. Tuvo una reunión con Mac Spencer hace un par de días.

–¿Todavía está ese tipo merodeando por Birkfield? –exigió saber Travis.

–¡Sí, demonios! –espetó Adam–. Le pillé mirando a Gina cuando se inclinó para sacar a Emma de su asiento del coche. Nunca antes había tenido tantas ganas de pegar a un hombre.

–¿Lo hiciste? –quiso saber Jackson.

–Gina no me lo permitió –respondió un indignado Adam.

–Hubiera merecido la pena –comentó Travis–. Hubiera sido un maldito servicio público.

–Eso mismo fue lo que dije yo –repuso Adam entre dientes, mirando a Jackson a continuación–. ¿Le pegaste tú?

–Casi –admitió Jackson, deseando haberlo hecho.

–Un día algún marido va a tumbar a ese tipo en la acera –dijo Travis, sonriendo.

Jackson miró a su hermano y pensó cuánto había cambiado durante el último año. Antes sólo había estado interesado en sus vinos y en las mujeres fáciles, pero había sentado la cabeza con la aparición de Gina y de su hija, Katie, en su vida.

–Espero estar ahí para verlo –comentó Adam.

–Yo también –dijo Jackson.

–¿Nos preocupaba tanto ese tipo antes de tener mujeres en nuestras vidas? –preguntó Travis, que respondió a su propia pregunta a continuación–. Las mujeres animan las cosas, ¿verdad?

–Es una manera de verlo –aseguró Jackson.

–Hablar de nuestras mujeres y soñar con darle un puñetazo a Mac es divertido –dijo Adam–. Pero, Jackson… ¿había alguna razón en particular por la que quisieras que nos reuniéramos? ¿Va todo bien en Aviones King?

–¿Qué? Oh, sí, todo va bien –contestó Jackson–. Bueno, pronto voy a tener que contratar otro piloto. Dan Stone renuncia a su puesto de trabajo. Su esposa tiene miedo y no vamos a dejar que la situación se alargue mucho más.

–Buen hombre –comentó Adam–. Me cae bien Dan. Sé que adora volar tanto como tú, pero está bien que ponga a su familia primero.

Jackson pensó que no hacía mucho, Adam había sido un devoto de los ranchos King, pero suponía que Gina había cambiado toda la perspectiva de la vida de su hermano.

–Pero... –continuó Adam– no comprendo qué tiene que ver con nosotros el hecho de que tengas que contratar más pilotos.

–No tiene nada que ver con vosotros –contestó Jackson, sentándose en la silla más cercana–. Quería deciros que fui a ver a Marian la otra tarde y le dije que no me voy a casar con ella por ahora.

–¿Has roto con Marian? –preguntó Travis, impresionado.

–No –respondió Jackson–. No quería agobiarla tanto –añadió–. Le dije que necesitaba seis meses, le hablé de Mia y de Casey y supongo que dejaré que sea la propia Marian la que rompa la relación. Se lo debo. Pero tanto si termina la relación ella como si lo hago yo, el matrimonio no se va a celebrar.

–Gracias a Dios –dijo Travis, esbozando una sonrisita.

–¿Qué se supone que significa eso? –quiso saber Jackson.

–Nada –contestó Travis, mirando a Adam como para buscar apoyo–. Pero hombre, jamás comprendí por qué querías atarte a ella.

Impresionado, Jackson miró a sus dos hermanos. Adam se encogió de hombros.

–¿Tú también piensas lo mismo? –le preguntó Jackson.

–Demonios, sí –respondió Adam, levantándose para servirse más brandy–. Jackson, Marian es tan cariñosa y cálida como un oso polar rabioso.

–Pero ninguno de los dos me dijo nada cuando os dije que me iba a casar con ella para unir a nuestras dos familias.

–Eres una persona adulta –comentó Travis, levantándose a su vez de la silla en la que estaba sentado para unirse a Adam en el bar, donde se sirvió más vino–. Si quieres convertirte en un idiota, ¿quiénes somos nosotros para detenerte?

–¿Mis hermanos? –dijo Jackson, levantándose también y mirándolos a ambos–. Vosotros os casasteis por conveniencia y funcionó bien. Estáis contentos, ¿verdad?

Ambos hermanos se encogieron de hombros y asintieron con la cabeza.

–¿Entonces por qué no iba yo a pensar que lo mismo me podría ocurrir a mí? –continuó Jackson.

–Quizá hubiera ocurrido si hubieras elegido a alguien más… –comenzó a decir Travis.

–O a alguien menos… –Adam tampoco fue capaz de terminar su frase.

Agitando la cabeza, Jackson miró de nuevo a los dos hombres que habían sido una constante en su vida. Su familia. Los King siempre se apoyaban los unos a los otros, todo el mundo lo sabía. Se protegían entre sí.

Por lo menos, siempre lo habían hecho. Pero en aquel momento tanto Travis como Adam habían admitido que no iban a haber tratado de detenerle ante un matrimonio que ambos pensaban que estaba mal.

–Esto es estupendo –dijo Jackson, acercándose a su vez al bar y sirviéndose más whisky irlandés. Pero sólo podía beber un poco más, ya que tenía que conducir hasta su casa–. Gracias por nada.

–De todas maneras, no nos hubieras escuchado –dijo Travis.

–Siempre has tenido la cabeza tan dura como una piedra –añadió Adam.

–Mi propia familia no dice nada cuando piensan que estoy cometiendo un error.

Adam miró a Travis y ambos clavaron sus ojos en Jackson. Pero Adam habló primero.

–¿Quieres una opinión? –preguntó–. Está bien. Aquí tienes una. Si estás buscando un matrimonio de conveniencia que tenga una leve esperanza de funcionar, ¿por qué no te casas con Casey?

–¿Huh? –Jackson dejó su bebida sobre la mesa y miró al mayor de los hermanos King–. Que yo sepa, Casey no posee ningún aeródromo.

–Eres o el más testarudo de nosotros o el más tonto –comentó Travis–. No, ella no tiene ningún aeródromo, bobo. Pero tiene a tu hija.

Jackson contuvo la respiración. Acababa de escapar a un matrimonio que habría sido un desastre. Y sus hermanos querían que se pusiera otra soga al cuello. Se preguntó qué clase de apoyo familiar era aquél.

–Estáis locos. Los dos –dijo.

–¿Que nosotros estamos locos? –replicó Adam–. Parece que eres tú el que está dispuesto a conformarse con estar seis meses con tu hija. Eres tú el que está dispuesto a permitir que Mia y Casey se alejen de tu vida cuando en realidad hay algo que puedes hacer para evitarlo.

Jackson sintió cierta tensión en el pecho. Sí, le importaba Casey y quería a Mia, pero casarse con la madre de su hija sólo para conseguir estar con la pequeña tampoco parecía ser lo correcto.

–Parece que vosotros... –comenzó a decir– tenéis todas las respuestas. Estáis ahí de pie dándome consejos como si fuerais expertos en la materia.

–Estamos casados –señaló Travis–. Con mujeres a las que amamos.

–Uh, uh –respondió Jackson, olvidándose de que había dejado su whisky sobre la mesa–. Vamos a pensar sólo un momento en la soltura con la que manejasteis la situación con vuestras mujeres. Recordad... –entonces se dirigió a Adam– ¿hiciste que Gina se sintiera tan mal que se marchó a Colorado? Y no iba a regresar, ¿no es así? No hasta que no te humillaste y le suplicaste que volviera contigo.

–Yo no me humillé –dijo Adam entre dientes, sintiendo que se ponía tenso.

–Sí que lo hiciste –comentó Travis, riéndose y agitando la cabeza.

–Al igual que tú –le dijo Jackson al mediano de los hermanos King.

–¿Perdona? –Travis frunció el ceño y dejó de reír.

–Ya me has oído. No tuviste valor para admitir que amabas a Julie hasta aquel incidente en el que ella casi muere cuando aquel ascensor se cayó.

–No sabes nada de lo que ocurrió entre Julie y yo –contestó Travis.

Jackson sintió cómo el enfado se apoderaba de él al mirar a sus hermanos. Seguro que tenían una buena vida en aquel momento, pero no siempre había sido igual y no les iba a permitir olvidarlo.

–Sí que lo sé. ¿Y sabéis una cosa? Ninguno de los dos está cualificado para dar buenos consejos, así que dejadme en paz.

Durante los momentos de silencio que siguieron a aquello, los tres hermanos se miraron entre sí. Finalmente, fue Adam el que habló.

–En eso tiene razón.

–No le digas eso –dijo Travis entre dientes, bebiendo un poco más de vino.

Jackson se rió y pensó que su enfado se había esfumado tan rápido como había llegado. Tomó su whisky, dio un trago y disfrutó al sentir cómo la bebida bajaba por su garganta y se introducía en su sistema nervioso. Se encogió de hombros al mirar a sus levemente avergonzados hermanos y disfrutó de la renovada camaradería que había entre ellos.

–¡Maldita sea! ¿Cuándo se complicó tanto la vida?

–Tú sabes exactamente cuándo fue –contestó Adam, sonriendo. Entonces levantó su vaso–. Por las mujeres.

–Por las mujeres –dijo Travis irónicamente, brindando con Adam.

–Por las mujeres –concedió Jackson, uniéndose al brindis con sus hermanos. Con sus amigos.

***

–Esto es completamente increíble –dijo Dani el sábado siguiente.

Tenía en sus brazos a la pequeña Lydia y estaba observando cómo su hijo, Mikey, llevaba con mucho cuidado de la mano a la pequeña Emma King.

–Mira a mi precioso hijo –continuó–. ¿Por qué no es tan agradable con su hermanita?

Casey se rió y sintió cómo Mia comenzaba a intranquilizarse.

–Es porque Emma supone una novedad para él, que es un amor, como su padre. Mikey está loquito con su hermana pequeña y tú lo sabes.

Dani sonrió.

–Está bien. Sólo espero que el nuevo miembro de la familia le guste tanto como Lydia.

Casey emitió un gritito y abrazó a su mejor amiga.

–¿Estás embarazada de nuevo? ¡Es maravilloso! –exclamó. Aunque la cautela se reflejó en sus ojos a continuación–. Es maravilloso... ¿no es así?

–Sí, lo es. Mike está muy emocionado. Míralo.

Casey miró a Mike Sullivan, que estaba de pie entre los hermanos King. Los hombres estaban hablando y riendo mientras bebían cerveza y preparaban filetes a la parrilla en la nueva barbacoa de Jackson. El marido de su amiga sí que parecía muy feliz y Casey se sintió muy contenta de que éste hubiera podido tomarse el día libre para acompañarlos en el picnic que Jackson había decidido preparar repentinamente.

Entonces miró al hombre que ocupaba todos sus pensamientos y sintió que le daba un vuelco el corazón. Durante el último mes, Jackson se había convertido en alguien muy importante para ella. Y aquello no se lo había esperado. No lo había deseado. Pero inconcebiblemente había ocurrido. Se había enamorado de un hombre que no estaba interesado en una relación permanente.

–Uh, uh –dijo Dani–. Conozco esa mirada. Y si no quieres que Jackson la vea, será mejor que entres en tu dulce hogar.

Casey apartó la mirada de Jackson y miró de nuevo a su amiga.

–El problema con esa sugerencia es que Jackson es mi dulce hogar.

–Oh, cariño, eso es obvio.

–Muy elocuente –comentó Casey, riéndose.

–Ya sabes, quizá esta relación vaya a ser más duradera de lo que piensas –señaló Dani, poniéndose de rodillas para colocar a Lydia en la manta que había a sus pies.

–Yo creo que no –dijo Casey, tumbando a su vez a Mia junto a Lydia. Sonrió a su hija antes de continuar hablando–. Jackson dejó las cosas muy claras desde el principio. Quería seis meses. Bueno, pues uno de esos meses ya ha pasado. Y no me ha dicho nada sobre que quiera renegociar, no ha mencionado que sus sentimientos hayan cambiado... –añadió sin poder evitar mirar de nuevo al padre de su hija.

Bajo el resplandeciente sol primaveral le brillaban el pelo y los ojos. Allí de pie junto a sus hermanos y a Mike, parecía sacado de un sueño. Se rió y ella sintió que se ponía tensa. Entonces la miró y Casey no pudo evitar la respuesta de su cuerpo...

Suspiró y se giró hacia Dani.

–Oh –dijo su amiga, suspirando a su vez–. Lo tienes muy mal, ¿verdad?

–Me temo que sí –admitió Casey.

–No es tan difícil de comprender –concedió Dani, indicando con una mano los alrededores–. Este lugar es impresionante, Jackson es guapísimo y está como loco con tu hija. Deberías estar hecha de piedra para no sentirte afectada por todo esto.

Casey asintió con la cabeza y se giró para sonreír a las dos mujeres que se estaban acercando a ellas.

–Tienes razón acerca de todo, pero ahora vamos a cambiar de tema, ¿te parece?

–Oh, está bien.

–Hola –saludó Gina King, sentándose sobre la manta a la sombra del árbol–. Julie y yo hemos pensado en venir a haceros compañía, si no supone ningún problema…

–Desde luego que no supone ningún problema –contestó Casey, sonriendo. Observó cómo Julie acunaba a su bebé en los brazos y se sentaba junto a ellas.

–Tu hijo es una monada –comentó Gina, sonriendo a Dani–. Me conmueve cómo trata a Emma.

Naturalmente, la manera de ganarse la amistad de Dani para siempre era alabando a uno de sus hijos. Y cuando ésta se animó a hablar de bebés con Gina, Casey observó cómo Julie se desabrochaba la camisa para amamantar a Katie.

–Es preciosa –dijo con dulzura, acariciando la frente de la pequeña.

Mia estaba creciendo y ya podía imaginarse el día en el que su niña ya no fuera su bebé y no sólo la necesitara a ella. Con nostalgia pensó que le hubiera gustado tener más hijos, pero tener a Mia había sido tan caro que las posibilidades de repetir la experiencia eran escasas y era consciente de que quedarse embarazada de otra forma le resultaba casi imposible. Al considerar aquello, un nuevo pensamiento se le pasó por la cabeza, pero desapareció al comenzar a hablar Julie.

–Gracias. Travis y yo pensamos que es muy guapa, desde luego –contestó Julie, aguantando la respiración cuando su hija tomó uno de sus pezones. Entonces sonrió–. Quiero decirte otra vez cuánto me gustan tus ideas para la página Web de la pastelería.

Contenta, Casey sonrió a su vez. Apartó las preocupaciones y los arrepentimientos de su cabeza por un día.

–Me alegro mucho –dijo–. Creo que va a ser divertido actualizar las páginas Web de la familia King.

–¡Alguien parecido a mí! –exclamó Gina, alardeando–. ¡Otra persona que piensa que el trabajo es divertido! Si oyeras cómo refunfuña Adam, creerías que soy la única esposa del mundo que trabaja. ¡Y trabajo en el rancho! Me ve todos los días.

–Mike hace lo mismo –terció Dani–. ¡Pero parte de sus quejas pueden ser debidas a que nos hemos convertido en barcos que sólo se chocan ocasionalmente durante la noche!

–Travis también lo odia –confesó Julie–. Utilizó mi pastelería como una oferta tentadora para lograr que me casara con él y ahora se queja de que paso mucho tiempo en ella –añadió, riéndose–. Pero entonces le recuerdo lo duro que es tratar de sacarle de la sala de muestras de la bodega.

Casey se sintió bien al estar entre aquellas mujeres, al escucharlas quejándose cariñosamente de sus maridos. Pero también le hizo recordar una dura realidad; podía quejarse todo lo que quisiera sobre Jackson, pero en realidad no tenía ningún derecho a hacerlo. Él no era su esposo. Era su amante.

Su amante temporal.

No importaba lo cómoda que se sintiera con aquellas mujeres, con la familia King, en aquella increíble mansión... nada de ello le pertenecía.

–Estoy pensando en que cuando nazca éste... –estaba diciendo Dani con timidez– quizá le pida trabajo a Casey –en ese momento le dirigió a su amiga una esperanzada mirada–. De esa manera me podré quedar en casa con los niños y tal vez Mike y yo podamos llegar a vernos durante más tiempo.

–¡Qué idea tan estupenda! –exclamó Gina–. Yo tengo muchos planes para Casey, así que creo que necesitará ayuda.

–¿Tienes planes? –preguntó Julie–. Pues vas a tener que esperar, cuñada mía, ya que la pastelería está a punto de abrir y quiero que las cartas estén preparadas antes de la próxima cata en la bodega...

Divirtiéndose muchísimo, Casey sonrió abiertamente y dio unas palmadas con las manos.

–Por mucho que me guste ser el centro de atención –dijo–, puedo ocuparme de todo –entonces miró a Dani–. Y tú... vamos a tener que hablar, porque si hablas en serio te podría utilizar ya.

–¿De verdad? –preguntó Dani. Le brillaron los ojos ante la idea de poder quedarse en casa con sus hijos.

–Desde luego –contestó Casey. Con todo el nuevo trabajo que tenía por hacer, iba a necesitar ayuda y... ¿quién mejor que su mejor amiga?–. Y las cartas de la bodega... –añadió, mirando a Julie de nuevo–. Ayer se me ocurrió una idea que creo que te va a gustar mucho.

–¡Excelente! –exclamó Julie, emocionada. Le sacó la lengua a Gina–. Yo gano. ¿Puedo verlas ahora?

–Por supuesto –respondió Casey, levantándose–. Vigilad a Mia e iré arriba a por las cartas.

Dejando a las mujeres a cargo de su pequeña, Casey se dirigió a toda prisa a la puerta trasera de la enorme casa de Jackson. Sólo se detuvo para saludar a éste con la mano antes de entrar en la moderna cocina de la mansión.

La cocinera tenía el día libre, ya que Jackson estaba preparando él mismo la comida, por lo que la casa estaba tranquila y silenciosa. Se dirigió a la planta de arriba, desde donde oyó las voces y risas del exterior. Sonriendo, fue a la habitación de Jackson. Temporalmente o no, le gustaba sentirse miembro de una gran familia, ya que había estado sola durante muchos años.

Por la mañana le había estado enseñando a Jackson el nuevo diseño de cartas para los Viñedos King y estaba segura de que había dejado los papeles en la habitación de éste. Entró en aquel enorme dormitorio que olía a él y enseguida encontró los documentos que buscaba. Pero de reojo también vio una caja de preservativos por abrir sobre la cama.

–Oh, estupendo –dijo entre dientes, agitando la cabeza.

Si alguien de la familia subía a la planta de arriba de la casa, sería aquello lo primero que verían. ¡Justo lo que necesitaba! Seguro que todos sabían que Jackson y ella eran amantes, pero eso no significaba que se lo tuvieran que explicar tan explícitamente.

Tomó la caja de preservativos y abrió el cajón de la mesilla para dejarlos allí. Pero el mundo se detuvo y los preservativos se le cayeron de las manos cuando vio una pequeña caja de terciopelo azul oscuro al fondo del cajón.

Con el corazón revolucionado contuvo la respiración, agarró la caja y la abrió. Se quedó boquiabierta al ver el precioso anillo de diamante que ésta contenía. Se le secó la boca al pensar en las implicaciones de aquello.

Se preguntó si Jackson le iba a proponer matrimonio.

Le dio un vuelco el corazón y sintió una gran alegría recorriéndole el cuerpo.

–Oye –dijo Jackson desde la puerta–. ¿Qué ocurre? Te vi corriendo y...

Casey se dio la vuelta y levantó en su mano la caja que había encontrado. La alegría se borró de su cara al observar que la sonrisa que estaba esbozando él se disipó.

–Oh, Dios –susurró Jackson–. Es de Marian.

Capítulo Diez

–¿Marian? –repitió Casey con el dolor reflejado en la voz.

Jackson sintió su angustia como propia.

No había pensado en aquel maldito anillo durante semanas. Si lo hubiera hecho, lo hubiera llevado al banco para depositarlo en la caja de seguridad. Pero había estado tan ensimismado con Casey y con Mia que había dejado aquel costoso anillo en el cajón y se había olvidado de él.

–Maldita sea –dijo entre dientes, acercándose a ella. Le quitó la caja de terciopelo de la mano, la cerró y la volvió a dejar en el cajón.

Entonces la miró a los ojos y vio en ellos reflejado lo herida que estaba. Se sintió como un completo malnacido.

–Umm –dijo ella, alejándose de él y apartando la mirada–. Lo siento. No tenía intención de husmear. Simplemente estaba guardando los preservativos y…

–Casey, permíteme explicarte –pidió Jackson, acercándose de nuevo a ella.

Pero Casey volvió a alejarse de él antes de que la pudiera agarrar.

–¿Explicarme? –dijo, riéndose. Se alejó aún más de él. Agitando la cabeza se acercó a la cómoda y agarró los papeles que había dejado en la habitación. Los diseños para las cartas de los Viñedos King, diseños sobre los que había estado muy emocionada aquella mañana.

Jackson recordó cómo se los había enseñado... con el brillo reflejado en los ojos. Incluso en aquel momento había sentido una pequeña punzada de remordimiento, ya que había hecho que trabajara para sus hermanos más por su propia conveniencia que por el bien de ella. Había querido tenerla segura. Allí. En la casa.

Pero la alegría que había sentido Casey por el rumbo que estaban tomando sus negocios estaba ensombreciéndose. Y todo por culpa suya.

–No hay nada que explicar –dijo ella con voz firme–. Tienes un anillo de compromiso para darle a otra mujer en el mismo cajón en el que guardas los preservativos que utilizas conmigo. ¿Cuántas más evidencias quieres? Yo soy la mujer con la que acostarse y ella es la mujer a la que convertir en tu esposa –añadió, dirigiéndose hacia la puerta–. Créeme, lo veo todo muy claro.

–No, no lo haces –espetó él, impidiéndole el paso antes de que pudiera salir de su habitación.

La miró a los ojos y sintió la distancia que había entre ambos. No había querido que ella se enterara de la existencia de Marian. Si todo hubiera salido acorde a sus planes, Mia y Casey hubieran estado en su casa durante seis meses y después todos hubieran seguido con sus vidas.

Pero en algún momento del camino todo había cambiado. No estaba seguro de cómo, ni de cuándo había ocurrido, pero de lo que sí estaba seguro era de que no sabía qué hacer. Casey lo estaba mirando y se sintió en la obligación de decir algo.

–Sí, había planeado casarme con Marian –se sinceró al no ser capaz de pensar en otra cosa que decir.

Observó cómo ella hizo un gesto de dolor y, si le hubiera sido posible, se hubiera dado una patada a sí mismo. Jamás había planeado hacerle daño, pero aun así parecía que no podía evitarlo.

–Fue una decisión de negocios –le explicó, tratando de atenuar la impresión que se había llevado ella.

Casey cerró los ojos durante unos segundos y agitó la cabeza como si estuviera cansada.

–Negocios –repitió, abriendo los ojos de nuevo.

–Sí, un matrimonio de conveniencia. Más que un matrimonio, una fusión –añadió. Entonces respiró profundamente y continuó hablando, ya que percibió que ella lo estaba apartando. Repentinamente deseó estar tan cerca de Casey como le fuera posible–. Mira, mis dos hermanos se casaron con sus esposas por razones equivocadas y han terminado siendo tan extremadamente felices que hasta son empalagosos. Yo pensé que por lo menos tendría la misma oportunidad que ellos y era una buena unión para hacer prosperar la compañía Aviones King. El padre de Marian posee varios aeródromos muy bien situados por todo el país. Casándome con ella garantizaba un nuevo espacio de aterrizaje y nuevas rutas para Aviones King.

–Bien por ti –dijo ella, cruzando los brazos sobre el pecho–. Enhorabuena. Me aseguraré de apuntar bien todas las rutas nuevas cuando rediseñe la página Web.

Frustrado, Jackson refunfuñó.

–El maldito anillo está aquí, ¿recuerdas? Marian no lo lleva puesto en el dedo porque no me voy a casar con ella.

–¿De verdad? ¿Por qué no?

¿Por qué no? Una buena pregunta. Ni él mismo estaba seguro de la respuesta más allá del hecho de que no podía soportar pensar en pasar el resto de su vida con otra mujer que no fuera Casey.

Como no contestó, ella lo miró en espera de una respuesta.

–Es una pregunta muy simple, Jackson. ¿Por qué no te vas a casar con los maravillosos aeródromos Cornice?

–Por Mia... y por ti –contestó él, poniéndose tenso.

Casey lo miró con una gran impresión reflejada en la cara.

–Le dije que necesitaba tiempo. Tiempo con Mia. Tiempo para ordenar mi vida.

–Así que ahora no te vas a casar con ella.

–Nunca –corrigió él, que estaba muy seguro de ello en aquel momento.

–Pero eso no es lo que le dijiste a ella, ¿verdad?

–No –admitió Jackson, pasándose una mano por el pelo y preguntándose cómo salir de aquel embrollo–. Le dije que en seis meses hablaríamos –añadió–. Quiero darle la oportunidad de que sea ella quien anule nuestro acuerdo.

–¡Qué noble de tu parte! –comentó Casey, tratando de pasar por su lado.

Pero él se lo impidió de nuevo y ella respiró profundamente. Se sintió muy frustrada.

–No es noble –discutió él, tratando de encontrar la manera de explicarle lo que ni él mismo comprendía–. Es...

–¿Es qué, Jackson? –preguntó ella–. ¿Conveniente? ¿No quieres estar comprometido con una mujer mientras te acuestas con otra? Bueno, eso te convierte en candidato a hombre del año, ¿no es así?

El dolor de Casey se transformó rápidamente en furia y Jackson, que era un hombre prudente, dio un paso atrás.

–Me has utilizado –aseguró ella con tirantez, mirándolo fríamente de arriba abajo–. Me has utilizado para practicar el sexo conmigo mientras mantenías a la sin duda apropiada Marian apartada de todo.

Jackson estaba dispuesto a aceptar que Casey se desquitara un poco con él, pero no iba a permitir que les insultara a ambos.

–Nos utilizamos el uno al otro para practicar el sexo, cariño –dijo, observando el daño que le hacían sus palabras–. Jamás te prometí nada –se apresuró a añadir.

–Entonces eso hace que todo esté bien, ¿no es así? –susurró ella–. ¿No prometas nada y después no importa lo que hagas? ¿O a quién hieras? –añadió, acercándose a él y poniéndole el dedo índice sobre el pecho–. ¿Y qué pasa con Mia? ¿Ibas a apartarla de tu lado una vez te hubieras casado con Marian?

–¡Desde luego que no! Mia es mi hija. Siempre va a ser mi hija.

–Supongo que eso es algo –dijo Casey.

–Casey… –Jackson se acercó y le agarró los hombros.

La sujetó con fuerza al tratar ella de soltarse. No sabía cómo arreglar las cosas y ello le estaba irritando mucho. Siempre había sabido qué decir, qué hacer. Pero en aquel momento, cuando necesitaba aquella capacidad más que nunca, le había abandonado.

–No hagas esto, no nos hagas esto a nosotros. No arruines lo que tenemos.

–¿Lo que tenemos? –repitió ella, despacio–. No puedes arruinar lo que no tienes –añadió, levantando la vista y mirándolo a los ojos–. Además, yo no he hecho nada de esto, Jackson. Lo hiciste tú.

Entonces se apartó de él y agarró con fuerza los papeles que llevaba.

–Julie está esperando para ver estas cartas –dijo.

–Puede esperar unos minutos más –comentó él, que no quería que Casey se marchara.

–No, en realidad no puede –contestó ella–. Preferiría que nadie de tu familia, ni mis amigos, se enterara de que las cosas van mal entre nosotros. Así que, si no te importa, me gustaría ver algunas de tus fabulosas cualidades para la actuación cuando bajes al jardín.

–Casey…

–No hay motivo para que le tengamos que arruinar el día a nadie más –dijo ella, marchándose de la habitación sin mirar para atrás.

***

Cuando todos se hubieron marchado, Casey todavía no estaba de humor para hablar con Jackson y, como tenía que ir al pueblo, lo dejó al cuidado de Mia y se marchó. El trayecto en aquel enorme coche negro que él le había comprado por lo menos le permitió dejar de pensar un poco en lo estúpida que había sido. Tuvo que concentrarse en la carretera, en los demás conductores, en vez de en el dolor que le estaba golpeando el corazón.

–Es culpa tuya –se dijo a sí misma mientras aparcaba el vehículo frente a la tienda que quería visitar. A continuación apoyó la cabeza en el volante y cerró los ojos–. Sabías que esto era algo temporal, que todo lo que suponía para Jackson era una oportunidad para conocer a su hija. Has sido tú la que has permitido que el sexo se convierta en algo más. Has sido tú la que has comenzado a soñar despierta...

Respiró profundamente, abrió los ojos y levantó la cabeza. Miró la tienda que había frente a ella. Se sintió enferma al pensar en la razón que tenía para estar allí, en lo que iba a comprar. Si estaba en lo cierto, las cosas se iban a complicar mucho más...

Jackson trató de hablar con ella cuando regresó a casa, pero Casey pasó por su lado como si él no existiera. Así que decidió que le iba a dar un poco de espacio, un poco de tiempo para que pudiera pensar con claridad. Entonces volvería a hablar con ella e iba a tener que escucharlo.

Había pasado la tarde más larga de su vida. Había estado hablando con sus hermanos y con Mike

Sullivan, había fingido que no ocurría nada malo, pero podía sentir el sufrimiento de Casey como una nube negra sobre su cabeza. Nadie más se había percatado, ya que ella había esbozado una sonrisa y había hecho lo que había planeado; mantener a todo el mundo en la ignorancia acerca de los problemas que habían tenido.

–¿Pero qué ha sido exactamente lo que ha ocurrido? –se preguntó él mientras observaba por las ventanas del salón lo oscura que estaba la noche–. Casey encontró un anillo que no he utilizado, un anillo que no significaba nada –añadió, discutiendo consigo mismo–. Le dije que he roto con Marian, ¿por qué no puede comprenderlo?

Pensó que las mujeres carecían de lógica, pero aquella noche ella iba a tener que escucharlo. Trató de oír qué estaba haciendo y escuchó cómo le cantaba a Mia mientras la bañaba antes de acostarla. Entonces oyó los sonidos que hacía moviéndose de un lado a otro y se percató de que la razón por la que con anterioridad nunca había pasado mucho tiempo en su casa había sido porque ésta había estado demasiado silenciosa. Era una casa excesivamente grande para un hombre solo y estaba llena de un silencio que parecía hacerse más profundo cuando tenía tiempo de pensar en ello.

Pero con Mia y Casey viviendo allí, la casa parecía tener vida. Y él también.

Finalmente, desistió de la idea de tratar de crear una nueva ruta de vuelo y de asignar a otros pilotos los huecos que había dejado Dan, el cual había renunciado tras el nacimiento de su hijo. Al día siguiente ya se preocuparía de los nuevos problemas que debía resolver en la empresa. Iba a tener que contratar nuevos pilotos pero, hasta que lo hiciera, él mismo iba a tener que cubrir algunos vuelos.

Desde que Mia y Casey habían aparecido en su vida, volar se había convertido en algo secundario. No había pilotado desde hacía semanas y, hasta aquel momento, no se había siquiera percatado de ello. No lo había echado de menos.

Repentinamente, pensó que quizá sus hermanos tenían razón. Quizá debía pedirle a Casey que se casara con él. Lo que estaba claro era que solucionaría muchos problemas. Ambos compartían a Mia, así como una increíble química sexual que lograría que vivir juntos no fuera ningún problema.

Al considerar la idea sonrió para sí mismo. Tal vez Adam y Travis habían encontrado la solución que él necesitaba. Un matrimonio de conveniencia, pero con la mujer acertada.

–¿Jackson?

Al oír su nombre miró hacia atrás y se levantó a toda prisa. Como si la hubiera conjurado con sus pensamientos, Casey estaba en la puerta del salón. No la había oído bajar las escaleras, pero al verla allí, bajo la dorada luz que otorgaba la lámpara, se percató de que estaba muy pálida y de que tenía los ojos como platos. Parecía estar muy impresionada.

–¿Qué ocurre? –preguntó, acercándose a ella.

–Nada… –contestó Casey, indicándole con la mano que se alejara de ella.

Pero Jackson no le hizo caso. Le puso un brazo por encima de los hombros y la guió hacia una silla, donde la ayudó a sentarse. Trató de ignorar el hecho de que la había notado muy tensa y rígida. Seguramente seguía enfadada. Él podía hacer que dejara de estarlo. De hecho, en cuanto le contara su idea, tenía la impresión de que la iba a alegrar tanto que iba a olvidar todo lo que había ocurrido aquella tarde.

Se sentó en un sofá frente a ella y la miró directamente a los ojos, unos ojos que brillaban con lágrimas que Casey estaba tratando desesperadamente de controlar. La preocupación se apoderó de él.

–Maldita sea, Casey. Algo ocurre –dijo–. Puedo verlo en tu cara. Si es por lo que ocurrió antes, quiero que hablemos sobre ello. He estado pensando y si pudieras escucharme...

–Déjalo –le espetó Casey, agitando la cabeza. Se restregó la cara con las manos y, a continuación, lo miró a los ojos con una sombría determinación.

Jackson se sintió invadido por una clase de terror que jamás había conocido antes.

–¿Qué pasa? –preguntó, acercándose y tomándole una mano.

Casey estaba temblando...

–Simplemente dímelo, por favor.

–Estoy embarazada.

Ella observó cómo la impresión y después el asombro, seguido del alivio, se reflejaron en los ojos de Jackson. Entonces retiró su mano y se sentó en silencio en espera de que él dijera algo.

Cuando hacía media hora se había realizado la prueba de embarazo sólo había logrado confirmar las sospechas que aquella misma tarde habían comenzado a apoderarse de ella. Al haber estado hablando con las demás mujeres acerca de los bebés y los embarazos, se había percatado de que no había tenido el periodo. Habían ocurrido tantas cosas en su vida recientemente que no le había prestado la más mínima atención a ese importante detalle. Pero en realidad, aunque se hubiera dado cuenta, no le hubiera preocupado. Después de todo, un médico le había dicho que sería casi imposible que se quedara embarazada de manera natural. Por esa misma razón había acudido al banco de esperma para concebir a Mia.

–Pensaba que dijiste... –comenzó a decir Jackson.

Ella asintió con la cabeza al percatarse de lo que iba a decir él.

–Mi médico me dijo que sería casi imposible... –repuso, riéndose entrecortadamente–. Supongo que la palabra clave en esa frase es «casi».

–Así que aquella primera noche cuando...

Casey volvió a asentir con la cabeza.

–Aparentemente, tus pequeños nadadores no tienen ningún problema en encontrar mi óvulo.

Jackson parecía incluso complacido, pero ella se dijo a sí misma que tal vez fuera cosa de su imaginación.

–¿Desde cuándo lo sabes?

–Más o menos desde hace media hora –contestó Casey, levantándose. Se sentía incapaz de estar allí sentada durante más tiempo. Comenzó a andar por la sala.

Podía sentir la mirada de Jackson sobre ella y deseó más que nada poder lanzarse a sus brazos para celebrar aquel... milagro.

Cuando se había quedado embarazada por primera vez, no había tenido a nadie más que a Dani para celebrarlo. Pero aquel segundo embarazo era algo triunfal, una posibilidad entre un millón, y quería gritar, reír, llorar. Aunque iba a tener que hacerlo sola, a pesar de que el padre de la criatura estaba en la misma sala que ella.

No podía engañarse durante más tiempo. Había querido fingir que de alguna manera Jackson terminaría amándola. Pero la cruda realidad era que no lo hacía. Y nunca lo haría. Lo triste era que él sí que era capaz de amar. Quería a Mia, era obvio ante los ojos de cualquiera. Por lo que era sólo a ella a quien no podía amar. Y la suma de otro niño más no lo iba a cambiar.

–Casey…

Ella se detuvo, se dio la vuelta y lo miró desde el otro extremo de la habitación.

–¿No quieres al bebé? –preguntó él.

–Desde luego que quiero este bebé –contestó ella, colocando ambas manos sobre su tripa como si pudiera evitar que la diminuta vida que llevaba en sus entrañas oyera aquella conversación–. Es un regalo, Jackson. Uno que siempre consideraré como un tesoro. Es sólo que… –en ese momento hizo una pausa y suspiró profundamente– hace que las cosas sean mucho más complicadas que antes.

–No –dijo él, acercándose a ella y mirándola de frente. Le brillaban los ojos y estaba esbozando una gran sonrisa–. Esto hace que las cosas sean más fáciles.

–No veo cómo.

Jackson le acarició los brazos y después tomó su cara entre las manos.

–De eso era de lo que te quería hablar. Tengo la solución a esta situación, Casey. Cásate conmigo.

Capítulo Once

–¿Qué?

Jackson pensó que la había sorprendido. ¡Bien!

–Cásate conmigo –repitió, impactado ante la facilidad con la que lo decía.

Cuando había estado planteándose casarse con Marian, le había costado incluso planteárselo a sí mismo, pero le resultó muy natural decírselo a Casey.

Era lo correcto.

–Estás loco –dijo ella, agitando la cabeza. Entonces se echó para atrás y se apartó de él.

Jackson pensó que debía de estar muy aturdida por la nueva noticia. Otro bebé. Nada más imaginárselo la alegría le embargó. Alegría y orgullo. Un sentimiento de expectación que jamás había experimentado antes. Se había perdido muchos momentos con Mia y tenía muchísimas ganas de experimentarlo todo con el nuevo bebé. Quería estar ahí para todos. Tenía que hacerle entender a Casey que hacer las cosas a su manera tenía sentido.

–Es perfecto, ¿no te das cuenta? –comentó, sonriendo–. Ambos queremos a Mia y ahora tenemos a otro bebé en camino. En esta casa hay mucho sitio y tú y yo nos llevamos muy bien.

Casey negó con la cabeza y se quedó mirándolo como si le estuviera hablando en griego.

–Tú y yo, Casey, tenemos algo muy bueno –continuó él–. Podemos formar una familia en esta casa, sin que ninguno de los dos tengamos que ser un padre de fin de semana –añadió, acercándose a ella. Sintió una leve esperanza al observar que Casey no se echaba para atrás–. Tú tienes mucho trabajo con la familia King y puedes hacerlo desde casa. Podemos conseguirlo, Casey. Hay una gran química entre ambos, tienes que admitirlo. Trabajamos bien juntos, ambos queremos a nuestra hija, ¿qué podría ser mejor?

Ella se llevó una mano a la boca, agitó la cabeza y lo miró como si hubiera perdido completamente la cabeza.

Jackson no comprendió por qué demonios no estaba funcionando aquello. Era muy lógico y razonable.

–El amor puede ser mejor, Jackson –dijo finalmente Casey–. Te ibas a casar con Marian.

–No empieces otra vez con eso…

–Pero tú no te habías planteado casarte conmigo hasta que no has descubierto que estaba embarazada. No quieres una esposa, Jackson. Quieres compañía en la cama y ser padre.

Él frunció el ceño. Aquello no estaba marchando como había pensado.

–Aunque tuvieras razón… –respondió–, ¿en qué me diferencia eso de ti? Tú misma dijiste que querías ser madre, por eso no esperaste a tener una relación perfecta con un hombre. Fuiste al banco de esperma y obtuviste el bebé que querías. Bueno, pues yo tengo la niña que quiero, aquí mismo. Y ahora me dices que voy a tener otro hijo, ¿por qué no iba a querer ser su padre?

–Tienes razón –concedió ella–. Yo quería ser madre. Pero la diferencia entre nosotros es que para conseguirlo no me casé con alguien a quien no amaba. ¿No te das cuenta, Jackson? El hecho de que quieras a Mia, y que vayas a querer a este bebé, no es suficiente base para un matrimonio.

–¿Por qué no? –preguntó él, a quien le parecía algo estupendo. Una familia ya formada. Dos personas que se gustaban y que disfrutaban la una de la otra.

–Mira, estabas dispuesto a casarte por conveniencia...

–¿Podrías olvidarte de ella, por favor? Ya te lo dije; Marian no significa nada para mí.

–Ni yo tampoco –se apresuró a contestar ella–. Esto es simplemente otro movimiento conveniente para ti. Antes, ibas a utilizar tu matrimonio para expandir tu compañía aérea. Conmigo, ampliarías tu familia. Es sólo otro matrimonio de conveniencia.

–Con muchas más posibilidades de éxito –comentó Jackson.

–No, no funcionaría.

–Dame una buena razón por la que no fuera a hacerlo –la retó él, mirándola fijamente. Estaba completamente asombrado ante la reacción de Casey. Había estado absolutamente seguro de que iba a comprender que aquello era lo mejor.

–Porque te amo, Jackson –contestó ella, esbozando una triste sonrisa–. No tenía ninguna intención de hacerlo y créeme cuando te digo que desearía no hacerlo. Haría que las cosas fueran mucho más fáciles.

Él no era idiota. Había sabido que Casey tenía sentimientos hacia él, pero no había pensado que estuviera enamorada. Y ya que lo estaba, no comprendía por qué ella no entendía que un matrimonio entre ambos tenía incluso más sentido.

–Estoy realmente confundido –admitió, maldiciendo para sus adentros–. Si me amas, deberías estar contenta con esta solución.

–¿Debería estar contenta de casarme con un hombre que quiere a mi hija pero no a mí? –Casey negó con la cabeza–. ¿Contenta de vivir una mentira? ¿Contenta de negarme a mí misma la esperanza de que me amen? No, Jackson. Tu idea no me parece bien.

–¡Maldita sea, me importas! –espetó él, acercándose aún más a ella.

Casey lo miró a los ojos y Jackson pudo ver que los de ella estaban de un color azul pálido. No reflejaban pasión, ni enfado. No había ninguna emoción que los tornase azul oscuro. Sus ojos sólo reflejaban arrepentimiento y él sintió como si estuviera al borde de un abismo.

Sintió una opresión en el pecho y la agarró por los hombros. La acercó hacia sí y la abrazó estrechamente. Ella se quedó quieta, pero no le devolvió el abrazo ni se echó sobre él.

–Que alguien te importe no significa que lo ames, Jackson –susurró Casey–. Merezco algo más.

–Es todo lo que tengo para dar –dijo él.

–Lo sé –contestó ella–. Ésa es la parte más triste de todo esto.

En ese momento él la soltó y sintió un gran vacío sin tenerla abrazada.

Entonces ella se dirigió hacia el pasillo.

–¿Dónde vas? –preguntó Jackson.

Casey se detuvo y se dio la vuelta.

–Arriba. Estoy cansada y necesito estar un rato a solas.

Muy temprano al día siguiente por la mañana, Casey se sentó en el comedor. Mia estaba en su sillita, apretando alegremente pequeños trocitos de plátano en las manos.

Mientras bebía su té, recordó lo extraño que le había resultado tumbarse sola en su cama la noche anterior. Estaba acostumbrada a tener a Jackson al lado y a oírlo respirar. Echó de menos sentir cómo la abrazaba por la cintura. Sin él estaba perdida.

Mia emitió un gritito y levantó ambas manos, las cuales estaban completamente manchadas de plátano. Sin siquiera darse la vuelta para mirar, Casey supo que Jackson había entrado en el comedor. Nadie aparte de él obtenía aquella clase de recibimiento de su hija.

–Buenos días –dijo Jackson.

Ella sintió que se le revolucionaba el corazón y que el calor se apoderaba de su cuerpo. Se preguntó si siempre iba a sentir lo mismo por él, si estaba destinada a pasar el resto de su vida con una persona a la que simplemente «le importaba».

–Buenos días, Jackson –contestó.

–¿Has dormido bien? –preguntó él.

–No, ¿y tú?

–Estupendamente.

Indignada, le dirigió una miradita cuando él se acercó a darle un beso a Mia y la miró a ella a continuación. Instantáneamente se sintió mejor al percatarse de que había mentido; tenía unas ojeras tan oscuras como las suyas. Por alguna razón, disfrutó al saber que él había pasado tan mala noche como ella.

–Anoche me dijiste que necesitabas pasar un tiempo sola –comentó Jackson, sirviéndose una taza de café.

–Todavía lo necesito.

–Bueno, de eso es de lo que quiero hablarte –dijo él–. Ya sabes que me falta personal en el aeródromo, por lo que he decidido ocuparme yo mismo de uno de los vuelos para así darnos un poco de espacio a los dos durante unos días.

–¿Unos días? –preguntó ella. Le resultó extraño que, aunque había dicho que necesitaba estar sola, oír que él se marchaba no la contentaba en absoluto.

–Sí –contestó Jackson–. Esta tarde voy a llevar a una pareja a París. Así aprovecho para quedarme allí un par de días y ocuparme de unos negocios.

–¿París? –Casey se sintió invadida por un intenso sentimiento de soledad, pero se dijo a sí misma que probablemente fuera para mejor. Quería que Jackson la amara tanto como a sus hijos.

–Si recuerdo bien... –continuó él– una vez te prometí un viaje a Roma.

–Lo recuerdo –dijo ella. Había sido la primera noche que había pasado en aquella casa. Pero las fantasías y el maravilloso sexo que habían compartido no reemplazaban al amor.

Sabía que él la deseaba, pero el deseo era un pobre sustituto de la necesidad.

Jackson dejó su café sobre la mesa y la miró fijamente.

–Pídemelo y me quedaré. Cásate conmigo y haremos ese viaje a Roma.

–No puedo.

Él se apartó de la mesa y ella no supo si estaba decepcionado o enfadado. Seguramente ambas cosas.

–Está bien –dijo finalmente Jackson–. Piensa todo lo que necesites mientras yo esté fuera. Cuando regrese, arreglaremos esta situación –añadió, acercándose a besar de nuevo en la cabeza a su hija.

Jackson regresó a casa antes de lo previsto. ¿Cómo iba a ocuparse de los negocios que tenían en París si en todo en lo que podía pensar era en Casey? Pero lo había intentado. Había paseado por las calles de aquella bonita ciudad y visitado lugares de interés turístico, pero no había sido capaz de disfrutar como normalmente solía hacer cuando viajaba por el mundo.

No le importaba nada, ya que sentía como si le hubieran arrancado el corazón del pecho. Casey ni siquiera había contestado el teléfono cuando él había tratado de ponerse en contacto con ella. Lo estaba evitando y Jackson ya había aguantado suficiente…

Llegó a casa en medio de la noche, pero no le importó si ella estaba completamente dormida. Iba a escucharlo. Iba a casarse con él. Y ambos iban a ser felices.

Cuando abrió la puerta principal, el silencio que había en la casa le impactó. Entonces subió a la planta de arriba, se dirigió directamente al dormitorio de Casey y abrió la puerta.

La cama estaba vacía y él comenzó a inquietarse. Se dio la vuelta y se dirigió a su propio dormitorio. Pensó que tal vez ella había entrado en razón y que había querido utilizar su propia cama... la cama de ambos. Pero Casey tampoco estaba allí.

Entonces vio que la puerta de la habitación de Mia estaba abierta, pero no había ninguna luz encendida. Sólo había más silencio. Aunque sabía que la cunita estaría vacía, se acercó a ella. Al comprobar que así era sintió que una enorme sensación de terror se apoderaba de él.

Casey se había llevado a Mia de la casa. Miró el armario de su hija y vio que estaba vacío. Tan vacío como el resto de la casa. Tan vacío como su corazón.

–¿Dónde demonios han ido? –preguntó en voz alta. La furia y el miedo se apoderaron de él–. Han ido a casa de Dani.

–¡No le digas nada!

Jackson miró a la mujer de Mike Sullivan, el cual estaba muy adormilado.

–Dani...

–¿No has hecho ya suficiente? –dijo ella, bajando por las escaleras de su casa y mirándolo a su vez fijamente–. Déjala en paz.

Mike se movió para impedir que Jackson mirara a su esposa y colocó una mano en el umbral de la puerta para impedirle el paso.

–Casey no está aquí –dijo.

–Dime dónde está –le pidió Jackson.

–Siento por lo que estás pasando. De veras. Pero Casey es una amiga. Y si quiero seguir viviendo con mi esposa…

–Sólo dime si Casey está bien.

–Está triste, pero segura.

Jackson sintió una gran opresión en el pecho. No quería que Casey estuviera triste.

–No sé dónde buscarla –murmuró, más para sí mismo que para el hombre que tenía delante.

–Quizá puedas intentar hablar con tu hermano –ofreció Mike en voz baja.

–¿Con cuál? –preguntó Jackson.

–Con Adam.

En ese momento Jackson se dio la vuelta y se dirigió corriendo al coche, que había dejado aparcado junto a la acera.

Capítulo Doce

–¿Qué demonios haces llamando a mi puerta en medio de la noche? –le preguntó Adam a Jackson. Llevaba puestos unos pantalones de pijama y sus ojos reflejaban furia.

–Casey se ha marchado –contestó Jackson, entrando en casa de su hermano y dirigiéndose al despacho de éste–. Tengo que encontrarla y no sé por dónde empezar –añadió, sintiéndose aterrorizado–. Fui a casa de su amiga, Dani, y el marido de ésta me dijo que debía hablar contigo. Así que… ¿qué sabes?

Adam se dirigió al bar y se sirvió una copa de brandy.

–¿Quieres tú también?

–No, no quiero beber nada. Quiero a Casey –contestó Jackson–. Estoy perdiendo tiempo aquí de pie, debería estar buscándola… ¿pero dónde?

Adam bebió un trago de su brandy y analizó a su hermano con la mirada.

–Esté donde esté, quizá no quiera que la encuentren.

–No voy a permitir que me deje –espetó Jackson–. Se ha marchado como si lo que teníamos no significara nada.

–Bueno... ¿Y por qué no? –dijo Adam.

–¿Qué? ¿Qué demonios se supone que significa eso?

–Es muy sencillo. Si no la amas, ¿para qué la quieres? –preguntó su hermano.

–¿Ha hablado Casey con Gina? –quiso saber Jackson.

–Podríamos decirlo así –contestó Adam–. Gina no me ha hablado de otra cosa desde entonces. Ahora mismo no le caes muy bien que digamos.

Pero Gina no era el problema de Jackson. Su problema era Casey.

–¡Le pedí que se casara conmigo y me ha rechazado! –gritó.

–¿Y te sorprende? –preguntó Adam, soltando una risotada.

–Demonios, sí –respondió Jackson, impresionado–. Está embarazada de un hijo mío. Ya tenemos una hija. Debería casarse conmigo. Es la única solución inteligente.

–Dios, realmente eres un idiota –comentó Adam.

–¿Perdona?

–Eso es lo que ha estado diciendo Gina de ti durante días y yo te he estado defendiendo. Pero ahora veo que estaba equivocado.

–¿Cómo puede ser que yo sea el tipo malo en esta historia? –preguntó Jackson, defendiéndose a sí mismo–. Yo quería casarme con ella.

–Pero no porque la amaras.

–¿Qué tiene que ver aquí el amor? –dijo Jackson–. El amor simplemente complica las cosas, ¿quién lo necesita?

–Todo el mundo –contestó Adam, dando un trago a su bebida.

–Yo quería que esto fuera sencillo. Quería vivir

con Casey y con nuestra hija. Quería que estuviéramos juntos, que fuéramos felices.

–¿Y cómo te está funcionando?

–No muy bien.

–¿Y eso no te dice nada?

–Sí –respondió Jackson, dejándose caer en la silla más cercana–. Me dice que tengo problemas muy serios. ¡Demonios! Llevo metido en problemas desde aquella primera noche en la que Casey me sonrió en el bar del hotel. Entonces lo supe y desde ese momento he estado luchando contra ello. Y cuando esta noche entré en casa y vi que ella no estaba, sentí que me moría.

–Felicidades –dijo Adam–. Estás enamorado.

–Maldita sea –Jackson miró a su hermano–. No tenía planeado amarla.

–¡Ninguno de nosotros lo planea! Pero deberías saber… ella no se marchó sólo por ti.

–¿Qué más ocurrió? –preguntó Jackson, respirando profundamente.

–El día después de que te marcharas a París, Marian fue a verla a tu casa –respondió su hermano.

–¡Dios! ¿Qué hizo? ¿Qué le dijo? –quiso saber Jackson, alterado.

–A mí me lo ha contado todo Gina –contestó Adam, suspirando–. Y déjame decirte una cosa; ninguna de las mujeres King son fans tuyas en este momento.

–Estupendo.

–Parece que Marian trató de pagar a Casey para que se marchara. Según parece, le ofreció una cuantiosa suma de dinero para que desapareciera y no se casara contigo.

–Yo debería haber estado allí. No debería haberme marchado. Pero quería darle tiempo para que pensara, para que me echara de menos. Y he sido yo el que la ha echado de menos a ella –comentó Jackson–. Sin necesidad de que me lo digas, sé que no aceptó el dinero.

–Efectivamente. Según Gina, Casey le dijo a Marian lo que podía hacer con su dinero y que ella y tú os merecíais el uno al otro.

–¿Que nos merecemos el uno al otro? ¡Qué demonios...! ¿Por qué iba a...? ¿Cómo ha...? –Jackson nunca antes había estado tan furioso. Ni tan frustrado–. Deberías haberme telefoneado.

–Casey no quería que lo hiciéramos.

–Pero tú eres mi hermano.

–Y tengo que vivir con mi esposa, la cual está completamente del lado de Casey. Así que no, gracias.

Jackson apenas estaba escuchando a su hermano, ya que estaba tratando de decidir cómo llegar a Casey y cómo arreglar el embrollo que había creado. Ella le había dicho que le encantaba la playa, por lo que empezaría a buscar por allí. ¡Pero había muchos kilómetros de playa en aquel país!

–Tengo que encontrarla, explicarle, hablar con ella. Quizá pueda enterarme de algo en el aeropuerto de Sacramento. Seguramente no haya querido quedarse por aquí y se haya marchado a algún lugar donde cree que no voy a encontrarla. Algún lugar en la playa.

–Quizá.

–Tengo que empezar por alguna parte.

–No va a ser fácil.

Jackson miró a su hermano mayor y sonrió con tristeza.

–Nada acerca de Casey es fácil –dijo–. Pero ¿sabes una cosa? La encontraré. Puedes contar con ello. Y cuando lo haga, la voy a llevar a rastras a casa conmigo, al lugar donde pertenece.

Entonces se dirigió a la puerta para marcharse, pero la voz de su hermano le detuvo.

–Jackson.

–Te telefonearé, Adam. Aquí estoy perdiendo el tiempo.

–Escucha, Jackson...

–Sabes dónde está.

–Si dices algo de esto... –dijo Adam– Gina me va a matar por habértelo contado.

–Te mataré yo si no lo haces –amenazó Jackson.

–Supongo que los hombres tenemos que apoyarnos los unos a los otros –comentó su hermano, señalando las escaleras que conducían a la planta de arriba de su casa–. Gina le ha dejado a Casey tu antiguo dormitorio de la segunda planta.

Jackson no se detuvo ni para darle las gracias. Subió las escaleras a toda prisa y se movió a oscuras por la casa. Había crecido en aquella vivienda de rancho y la conocía perfectamente.

Cuando llegó a la puerta de su antiguo dormitorio, se detuvo y respiró profundamente para tratar de calmarse. Entonces abrió la puerta.

La luz de la luna iluminaba a la mujer que dormía en la cama. Sonrió al ver que llevaba puesta una de sus camisetas para dormir.

Se dijo a sí mismo que quizá todavía hubiera esperanza. Tal vez ella todavía lo amaba.

Él estaba completamente enamorado por primera vez en su vida, por primera y última vez.

***

Casey estaba soñando con él. Cuando Jackson dijo su nombre, ella se dio la vuelta para abrazarlo. Él la besó... era un sueño tan real que incluso pudo saborearlo… Entonces abrió los ojos y gritó.

–¿Jackson? ¿Cómo has…?

Él estaba sentado en el borde de la cama y, antes de que ella pudiera alejarse, la abrazó. Casey sabía que no debía apoyarse en él, pero lo había echado tanto de menos que no pudo resistirse.

–Esta noche me has dado el susto de mi vida –susurró–. Cuando llegué a casa y tú no estabas allí...

–Tuve que marcharme –contestó ella. Recordar la razón por la que lo había tenido que hacer le dio fuerzas para apartarse de él. Se cruzó de brazos, pero con sólo mirarlo se derretía por dentro. Lo deseaba con todas sus fuerzas, pero la voz de su conciencia le dijo que fuera fuerte y que no se conformara con menos que amor.

–Lo sé –concedió Jackson, acariciándole la cara con mucho cariño–. ¿Dónde está Mia?

–Durmiendo en la habitación de Emma.

–Bien –dijo él–. Bien.

–Jackson…

–No, permíteme que hable yo primero. Cuando me marché a París, pensé que me echarías tanto de menos que lo pensarías mejor y te casarías conmigo. Me imaginé que te iba a dar una lección. Pero finalmente he sido yo el que he tenido que aprender.

Casey se echó aún más para atrás en las almohadas y trató de contener la pequeña burbuja de esperanza que se estaba formando dentro de ella.

–Te he echado de menos. He echado de menos mirarte, oír cómo te ríes con Mia. No he podido dormir... –se sinceró– porque tú no estabas allí para tirar de las mantas.

–Yo no...

–Cuando cerraba los ojos, te veía. Cuando andaba por las calles de París, en todo en lo que podía pensar era en que deseaba que estuvieras allí conmigo.

Como si no pudiera estarse quieto ni un segundo más, Jackson se levantó y se dirigió a la ventana de su antiguo dormitorio.

–Yo no quería enamorarme, Casey. Jamás lo planeé. Nunca estuve interesado en ello. El amor lo complica todo, le da a la persona a la que amas demasiado poder sobre ti.

Esperanzada, Casey contuvo el aliento.

–El tema es que... –continuó él– de todas maneras me enamoré. Llegaste a mi vida y le diste un giro de ciento ochenta grados. Y lo que me impresiona es que la prefiero así. No quiero volver a mi antigua vida, Casey. Quiero una vida contigo, con Mia y con nuestro nuevo bebé.

Por un momento, ella pensó que quizá estaba soñando debido a la alegría que la embargaba. Pensó que era imposible ser tan feliz, tener todo lo que siempre había deseado delante de sí.

Acercándose de nuevo a la cama, Jackson volvió a sentarse en el borde del colchón y la miró profundamente a los ojos.

–Cásate conmigo, Casey. Esto no es un matrimonio de conveniencia. Mia, el bebé que estamos esperando y tú sois mi fortuna. La única fortuna que jamás necesitaré.

–Jackson...

–Esto es amor, Casey. No puedo vivir sin ti. Así que quizá finalmente sea sencillo. Te amo, te necesito, y si no te casas conmigo...

–¿Qué harás? –preguntó ella, acercándose a él con una sonrisa en los labios.

–Te... lo seguiré pidiendo. Cada día te diré que te amo hasta que estés tan cansada de oírlo que aceptes casarte conmigo simplemente para que deje de pedírtelo.

–Jamás me cansaré de oírlo –aseguró ella, sentándose en el regazo de Jackson y abrazándolo por el cuello–. Dímelo otra vez.

–Te amo.

–Otra vez.

–Te amo –dijo él, hundiendo la cabeza en el cuello de Casey.

–Yo también te amo, Jackson. Muchísimo.

En ese momento él la abrazó tan estrechamente que ella se quedó sin aliento.

–¿Eso es un sí? –preguntó.

–Es un sí, Jackson –contestó Casey, sintiendo su corazón rebosante de alegría. Estaba en los brazos de Jackson y el futuro parecía esperanzador–. Desde luego que es un sí. Te amo.

–Gracias a Dios –susurró él, abrazándola aún más estrechamente.

–Bienvenido a casa, Jackson –dijo ella, perdiéndose en la magia del amor.

Epílogo

Ocho meses después…

Le pusieron el nombre de Molly.

Era igual que su hermana mayor. Igual que sus primas. Y sus padres no podían estar más felices.

–Eres increíble –le dijo Jackson a Casey tras darle un beso. Sonrió a la mujer que había hecho que su vida fuera completa.

–Siempre y cuando sigas creyendo eso… –comentó ella, acariciándole la mejilla– todo va a ser estupendo.

–Tras ver lo que has hecho hoy aquí, estoy convencido –añadió él, que parecía cansado. El parto había durado nueve horas y no se había separado de Casey.

Los hermanos King y sus esposas ya les habían visitado en el hospital para ver a la recién nacida y habían prometido que iban a mantener contenta a Mia hasta que sus padres regresaran a casa. En aquel momento Casey y Jackson estaban solos, ya que Molly estaba durmiendo en el área de recién nacidos de maternidad.

–Te amo –dijo Jackson, sacando de su bolsillo una pequeña cajita de terciopelo azul.

–La última vez que vi una cajita parecida causó muchos problemas –comentó ella.

–No sé de qué estás hablando, preciosa –bromeó él, sonriendo. A continuación volvió a besarla–. Soy un hombre casado y estoy profundamente enamorado de mi esposa.

–Bueno, en ese caso... –Casey agarró la pequeña cajita, la abrió y emitió un pequeño grito. Dentro había un precioso anillo con un enorme zafiro y dos diamantes a ambos lados–. ¡Oh, Jackson!

Él sacó el anillo de la cajita y se lo puso en el dedo anular de la mano derecha.

–El zafiro es porque me recuerda a tus ojos. Los dos diamantes son por nuestras niñas. Y el anillo de oro significa... eternidad. Contigo. Gracias, Casey. Gracias por encontrarme y amarme.

Ella levantó la cara para besarlo y sintió, como hacía cada día, que sus sueños se habían hecho realidad.